U0099725

趣味漢語拼音音節故事 **1**

鴨子警察查案

宋詒瑞 著

新雅文化事業有限公司
www.sunya.com.hk

音節法學拼音 識漢字

　　小朋友，你們都正在學習普通話吧？你是不是覺得普通話的發音和粵語的發音很不相同，每個字的發音很難記得住？

　　那麼，有什麼辦法可以幫助你更快學會每個字的發音，多認識一些漢字，並且說好普通話呢？有，有辦法！

　　這個辦法就是：用音節法來學會漢語拼音！

　　什麼是漢語拼音？

　　漢語拼音是一種記寫漢字讀音的方法。它使用 26 個字母來拼寫中文（字母順序與英語字母表一致），分為 21 個聲母和 35 個韻母，相拼成 402 個基本音節，每個音節用 4 種聲調來讀，就組成不同的漢字。

　　有了漢語拼音之後，學習漢字就變得容易多了，因為你用拼音就能讀準漢字。會漢語拼音是多麼重要啊！

什麼是音節法？

漢語中有很多字具有相同的音節，它們的聲調可能相同，也可能不同。譬如 ba 這個音節，常用的字就有「八、巴、吧、把、罷、爸、疤、霸、靶」等字，所以你看，你只要學會一個音節，就能學到很多常用字呢。我們這套音節故事書，就是把同一個音節的 8-12 個常用字精心地編寫在一個有趣的故事中，使你在看故事的同時，鞏固音節記憶，學到更多有用的漢字。

每個故事後面，我們還安排了一些有趣的漢語拼音遊戲——拼音遊樂場。試試做這些拼音遊戲，你就能牢牢地學會這些拼音和同音節的漢字了。

書中每個音節和故事都附帶普通話錄音，邊讀邊聽，你的漢語拼音和普通話水平將會有很大程度的提高。

目錄

1. ai—螞蟻和螳螂 / 6

2. an—鴨子警察查案 / 8

3. ba—爸爸捉拿小霸王 / 10

4. bai—打敗了稗草 / 12

5. ban—老鼠日報社搬家 / 14

6. bao—豹子爸媽愛寶寶 / 16

7. bei—白兔和蝸牛賽跑 / 18

8. bi—獅王之子 / 20

9. bian—蝙蝠洞探險 / 22

10. bo—小海龜奔向大海 / 24

11. bu—女媧補天 / 26

拼音遊樂場① / 28

12. cai—牛闖菜園 / 30

13. cha—小紅帽探外婆 / 32

14. chan—蟾蜍和蟬吵架 / 34

15. chang—狡猾的狐狸 / 36

16. chao—燕子安家 / 38

17. chen—國王的生辰 / 40

18. cheng—曹沖稱象 / 42

19. chi—青蛙的本事 / 44

20. chong—哥哥回來了 / 46

21. chou—企鵝妹妹的煩惱 / 48

22. chu—小佳住新屋 / 50

23. ci—小刺蝟的刺 / 52

拼音遊樂場② / 54

24. dai—東郭先生 / 56

25. dan—獵人打獵 / 58

26. dao—海上遇險 / 60

27. di—吹笛少年 / 62

28. dian—癲伯的小店 / 64

29. diao—貂媽媽釣魚 / 66

30. dong—小東的寵物 / 68

31. dou—勇敢的小蝌蚪 / 70

32. du—傷心的小華 / 72

33. duo—霸道的公豬 / 74

34. e—驕傲的天鵝 / 76

拼音遊樂場③ / 78

35. fan—流落荒島 / 80

36. fang—方家大宅 / 82

37. fei—狒狒長痱子 / 84

38. fen—在餐廳 / 86

39. feng—鳳凰和楓樹蜜 / 88

40. fu—誠實的樵夫 / 90

拼音遊樂場④ / 92

40 音節總匯故事：
　　　美麗的動物園 / 94

綜合練習 / 98

答案 / 100

附錄一：全書音節總匯 / 102

附錄二：聲母表 / 106

附錄三：韻母表 / 107

附錄四：字母表 / 108

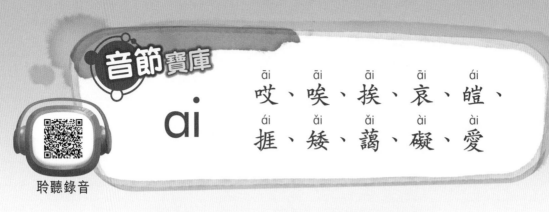

音節寶庫

ai

āi	āi	āi	āi	ái
哎	唉	挨	哀	皚

ái	ǎi	ǎi	ài	ài
捱	矮	藹	礙	愛

聆聽錄音

螞蟻和螳螂
mǎ yǐ hé táng láng

秋風陣陣吹來，天氣轉涼了，動物們都
qiū fēng zhèn zhèn chuī lái tiān qì zhuǎn liáng le dòng wù men dōu
忙着儲存糧食。
máng zhe chǔ cún liáng shi

最勤勞的是矮小的螞蟻兄弟們，他們一個
zuì qín láo de shì ǎi xiǎo de mǎ yǐ xiōng dì men tā men yí gè
挨着一個，排着隊運送找到的食物，忙忙碌
āi zhe yí gè pái zhe duì yùn sòng zhǎo dào de shí wù máng máng lù
碌，工作不停。
lù gōng zuò bù tíng

螳螂卻靠在樹幹上，閉着雙眼曬太陽。
táng láng què kào zài shù gàn shang bì zhe shuāng yǎn shài tài yáng

一隻老螞蟻和藹地提醒他說：「螳螂先生，趕
yì zhī lǎo mǎ yǐ hé ǎi de tí xǐng tā shuō táng láng xiān sheng gǎn
快儲備些糧食吧，冬天就要來到了。」
kuài chǔ bèi xiē liáng shi ba dōng tiān jiù yào lái dào le

táng láng bú nài fán de huí dá　　āi　　bié fáng ài wǒ xiū
螳螂不耐煩地回答：「哎，別妨礙我休

xi
息！」

　　　mǎ yǐ tàn kǒu qì　　　āi　　bù tīng
螞蟻歎口氣：「唉，不聽

lǎo rén yán　　chī kuī zài yǎn qián
老人言，吃虧在眼前。」

　　dōng tiān dào le　　zhěng gè dà dì
冬天到了，整個大地

bái xuě ái ái　　yí piàn bīng tiān xuě
白雪皚皚，一片冰天雪

dì　　táng láng xiān sheng yòu lěng yòu è
地。螳螂先生又冷又餓，

zhěng rì āi shēng tàn qì　　tā hǎo bu róng yì
整日唉聲歎氣。他好不容易

lái dào mǎ yǐ xué āi qiú dào　　wǒ dù zi hěn
來到螞蟻穴哀求道：「我肚子很

è　　qǐng nǐ men bāng bang wǒ ba
餓，請你們幫幫我吧！」

　　fù yǒu ài xīn de mǎ yǐ men shōu liú le táng
富有愛心的螞蟻們收留了螳

láng　　shǐ tā ái guò le yán dōng
螂，使他捱過了嚴冬。

7

音節寶庫

an

ān　ān　ān　àn　àn
安、鵪、鞍、按、案、

àn　àn　àn
暗、岸、黯

聆聽錄音

鴨子警察查案
yā　zi　jǐng chá chá àn

　　一對鵪鶉在河岸邊的草叢中安了家，鵪
yí duì ān chún zài hé àn biān de cǎo cóng zhong ān le jiā ān

鶉媽媽生下了六個蛋。
chún mā ma shēng xià le liù gè dàn

　　鵪鶉爸媽在外面找食物，吃得飽飽的。可
ān chún bà mā zài wài mian zhǎo shí wù　chī de bǎo bǎo de　kě

是回家一看，窩裏少了三個蛋！
shì huí jiā yí kàn　wō li shǎo le sān gè dàn

　　他們到處都找不到，鵪鶉媽媽傷心得很，
tā men dào chù dōu zhǎo bu dào　ān chún mā ma shāng xīn de hěn

黯然回到家中。爸爸趕緊到動物警署去報案。
àn rán huí dào jiā zhong　bà ba gǎn jǐn dào dòng wù jǐng shǔ qù bào àn

　　鴨子警察按例要去調查被盜家的幾個鄰居。
yā zi jǐng chá àn　lì yào qù diào chá bèi dào jiā de jǐ gè lín jū

　　鴨子查到雞媽媽家，看見雞窩裏有六個蛋
yā zi chá dào jī mā ma jiā　kàn jian jī wō li yǒu liù gè dàn

pái chéng le mǎ ān xíng　　sān dà sān xiǎo
排成了馬鞍形，三大三小。

　　　　　　āi yā　　　jī mā ma　　　nǐ wèi shén me yào bāng ān chun mā ma
　　「哎呀，雞媽媽，你為什麼要幫鵪鶉媽媽

fū dàn yā　　　　yā zi wèn
孵蛋呀？」鴨子問。

　　　　　　méi yǒu ya　　　zhè xiē dōu shì wǒ de dàn
　　「沒有呀，這些都是我的蛋！」

　　　　　nǐ kàn　　　nǐ de sān gè dàn dōu shì dà de　　　bái sè de
　　「你看，你的三個蛋都是大的，白色的；

ér zhè sān gè dàn nà me xiǎo　　yòu shì àn hēi sè dài huā wén de　　　zhè
而這三個蛋那麼小，又是暗黑色帶花紋的，這

bú shì ān chún mā ma de dàn ma
不是鵪鶉媽媽的蛋嗎？」

　　　　jī mā ma wú huà kě shuō　　zhǐ dé xiàng ān chún mā ma huán le
　　雞媽媽無話可說，只得向鵪鶉媽媽還了

dàn　　　dào le qiàn
蛋，道了歉。

音節寶庫

ba

bā bā bā bǎ bǎ
八、巴、疤、把、靶、

bà bà bà ba
罷、爸、霸、吧

聆聽錄音

bà ba zhuō ná xiǎo bà wáng

爸爸捉拿小霸王

wǎn shang bā diǎn zhōng　　chī bà wǎn fàn　　　bà ba shuō qù xiǎo gōng
晚上八點鐘，吃罷晚飯，爸爸説去小公

yuán li sàn san bù ba　　　ér zi bā bu dé dào wài mian wán　　dāng rán tóng
園裏散散步吧。兒子巴不得到外面玩，當然同

yì
意。

hū tīng de yì shēng jiān jiào　　　yí gè nǚ zǐ dǎo zài dì shang　 shǒu
忽聽得一聲尖叫，一個女子倒在地上，手

mō zhe xiǎo tuǐ zhí jiào tòng
摸着小腿直叫痛。

tā de yòu xiǎo tuǐ liú zhe xuè　　　jiǎo páng yǒu yì kē qì qiāng zǐ
她的右小腿流着血，腳旁有一顆氣槍子

dàn
彈。

bà ba xiàng sì zhōu wàng qu　　　kàn jian duǒ zài ǎi shù cóng hòu de yí
爸爸向四周望去，看見躲在矮樹叢後的一

個少年提着一把氣槍掉頭就跑。

爸爸立刻追了上去，很快就把那青年撲倒在地上。

警察來到，把打氣槍的青年扭送到警署，受傷的女子被送到醫院治療。

那少年是這一帶的小霸王，平時愛打架鬧事，臉上還留下兩道傷疤。今天他帶着氣槍用行人當活靶，這種妄顧公德的行為終於受到了懲罰。

音節寶庫

bāi bái bǎi bǎi bǎi
掰、白、百、擺、柏、
bài bài bài
拜、敗、稗

bai

聆聽錄音

dǎ bài le bài cǎo

打敗了稗草

　　mā ma dài xiǎo tóng dào bó fù jiā qù guò shǔ jià　　bó fù zhù zài
媽媽帶小同到伯父家去過暑假。伯父住在
nóng cūn　　zhòng shuǐ dào wéi shēng
農村，種水稻為生。

　　xiǎo tóng duì bó fù shuō　　　　bó fù　　wǒ yào bài nǐ wéi shī
小同對伯父說：「伯父，我要拜你為師，
xué diǎn nóng gēng zhī shi
學點農耕知識。」

伯父教小同鋤掉稻田裏的稗草，小同把稻秧也鋤掉了。伯父說：「這不怪你，稗草和稻秧長得很相似，你要仔細看，稗草的葉很粗糙，顏色很淺，是稻田的害草。」漸漸地，小同就學會分辨了。

中午，他們坐在一棵柏樹下休息。伯父拿出白白的饅頭，掰開後夾上自製香腸給小同吃。小同覺得這比熱狗包好吃得多。

直到太陽下山，小同數了數擺在田頭的稗草說：「哈哈，今天我一共鋤掉了一百三十根稗草，我贏了，我打敗了稗草！」

音節寶庫

ban

聆聽錄音

bān bān bān bān bān
搬、斑、班、頒、般、
bǎn bǎn bǎn bàn bàn
板、版、闆、辦、拌、
bàn bàn
半、絆

lǎo shǔ rì bào shè bān jiā
老鼠日報社搬家

yīn wèi zū jīn tài guì　　lǎo shǔ rì bào de bào shè zhǐ dé bān qiān
因為租金太貴，老鼠日報的報社只得搬遷。
xīn bàn gōng shì de miàn jī zhǐ yǒu yǐ qián de yí bàn dà　　jì
新辦公室的面積只有以前的一半大。記
zhě biān jí shè jì yìn shuā gōng rén děng yì bān yuán gōng dōu jǐ zài
者、編輯、設計、印刷工人等一班員工都擠在
yí gè dà fáng jiān li gōng zuò　　jì zhě yào pǎo lái pǎo qù cǎi fǎng xīn wén
一個大房間裏工作。記者要跑來跑去採訪新聞，
biān jí yào biān xiě wén zhāng shè jì yào zhuān xīn gòu sī bǎn miàn ér yìn
編輯要編寫文章，設計要專心構思版面，而印
shuā jī qì kāi dòng shí shēng yīn xiǎng de hǎo xiàng léi míng yì bān
刷機器開動時聲音響得好像雷鳴一般。
dà jiā dōu jiào kǔ lián tiān　　jǐ bī de huán jìng lìng yuán gōng de xīn
大家都叫苦連天。擠逼的環境令員工的心
qíng fán zào bàn gōng shì li shí shí yǒu yì wài fā shēng mì shū shǔ sòng
情煩躁，辦公室裏時時有意外發生：秘書鼠送

文件時被地上的雜物絆倒了，兩隻編輯鼠因為
爭用書桌而拌嘴了，幾乎動爪打起來……報社
老闆被吵得頭昏腦漲，命令主管花斑鼠在布告
板上頒布了一道命令：不許吵架，違規者扣
除一個月獎金！

音節寶庫

bao

聆聽錄音

bāo bāo báo báo bǎo
包、剝、雹、薄、寶、

bǎo bǎo bào bào bào
保、飽、報、抱、暴、

bào
豹

豹子爸媽愛寶寶
bào zi bà mā ài bǎo bao

bào zi fù mǔ gāng shēng xià yì tóu xiǎo bào zi　　bào mā ma xǐ
豹子父母剛 生下一頭小豹子，豹媽媽喜

huan de bù dé liǎo　zhěng tiān bào zhe bǎo bao bú fàngshǒu
歡得不得了，整天抱着寶寶不放手。

bào bà ba huí jiā le　　bǎ dài huí lai de yì tóu xiǎo niú wèi bǎo
豹爸爸回家了，把帶回來的一頭小牛餵寶

bǎo　　bào mā ma jí mángshuō　　bāo le pí zài wèi tā　niú pí tài
寶。豹媽媽急忙說：「剝了皮再餵他！牛皮太

yìng　bǎo bao chī le bù xiāo huà
硬，寶寶吃了不消化。」

wài mian xià qǐ le bīng báo　　hòu lái yòu zhuǎnchéng bào fēng xuě
外面下起了冰雹，後來又轉成暴風雪。

bào bà ba bù néng chū wài le　　tā men bǎ jiā zhong jǐn yǒu de yì xiē shí
豹爸爸不能出外了，他們把家中僅有的一些食

wù dōu wèi le bǎo bao　　bǎo bao chī de bǎo bǎo de　　bào bà ba mā ma
物都餵了寶寶。寶寶吃得飽飽的，豹爸爸媽媽

雖然餓着肚子，心裏卻很快樂。

山洞裏越來越冷了，豹媽媽把家中所有的衣物都拿出來包裹住寶寶，不讓他受凍。豹爸爸媽媽雖然身披薄薄的衣衫，心裏卻很快樂。

豹寶寶心想：爸媽這樣愛我保護我，長大了我一定要好好報答父母。

音節寶庫

bei

bēi	bēi	bēi	běi	bèi
悲	盃	卑	北	被

bèi	bèi	bèi	bèi
背	備	貝	倍

聆聽錄音

bái tù hé wō niú sài pǎo
白兔和蝸牛賽跑

bái tù sài pǎo shí shū gěi le wū guī　　tā gǎn dào hěn bēi
白兔賽跑時輸給了烏龜，他感到很悲

shāng　　yòu bù fú qì　xiǎng zhǎo wō niú lái zài bǐ yí
傷，又不服氣，想找蝸牛來再比一

xià
下。

　　wō niú yì tīng xià huài le　　　　wǒ de bèi
蝸牛一聽嚇壞了：「我的背

shang yǒu yí gè dà bèi ké　　zhǐ néng màn màn pá
上有一個大貝殼，只能慢慢爬，

zěn me néng pǎo ne
怎麼能跑呢？」

wō niú dì di què gǔ lì tā bú yào zì bēi wǒ lái bāng
蝸牛弟弟卻鼓勵他：「不要自卑，我來幫
nǐ zhǔn bèi yǒu kě néng yíng de
你準備，有可能贏的。」

sài shì wéi rào zhe dà hú jìn xíng bái tù hé wō niú yán zhe hú àn
賽事圍繞着大湖進行，白兔和蝸牛沿着湖岸
fēn bié xiàng nán miàn hé běi miàn pǎo zhōng diǎn zhàn shè zài hú duì miàn
分別向南面和北面跑，終點站設在湖對面。

fā chū qǐ pǎo lìng hòu bái tù yì liū yān xiàng nán miàn pǎo qù
發出起跑令後，白兔一溜煙向南面跑去，
wō niú kāi shǐ xiàng běi miàn màn màn pá wō niú dì di yǐ jing zài hú duì
蝸牛開始向北面慢慢爬。蝸牛弟弟已經在湖對
miàn zhōng diǎn zhàn nà li zhàn zhe bái tù dǐ dá zhōng diǎn shí wō niú dì
面終點站那裏站着。白兔抵達終點時，蝸牛弟
di shuō wǒ zǎo jiù dào le wǒ yíng le
弟說：「我早就到了，我贏了！」

wō niú pěng dào le jiǎng bēi bái tù bèi gǎn shī wàng bèi piàn le
蝸牛捧到了獎盃，白兔倍感失望。被騙了
de tā shí zai nòng bù míng bai zěn me zì jǐ huì lián xù bài zài wū guī
的他實在弄不明白，怎麼自己會連續敗在烏龜
hé wō niú de shǒu xià ne
和蝸牛的手下呢？

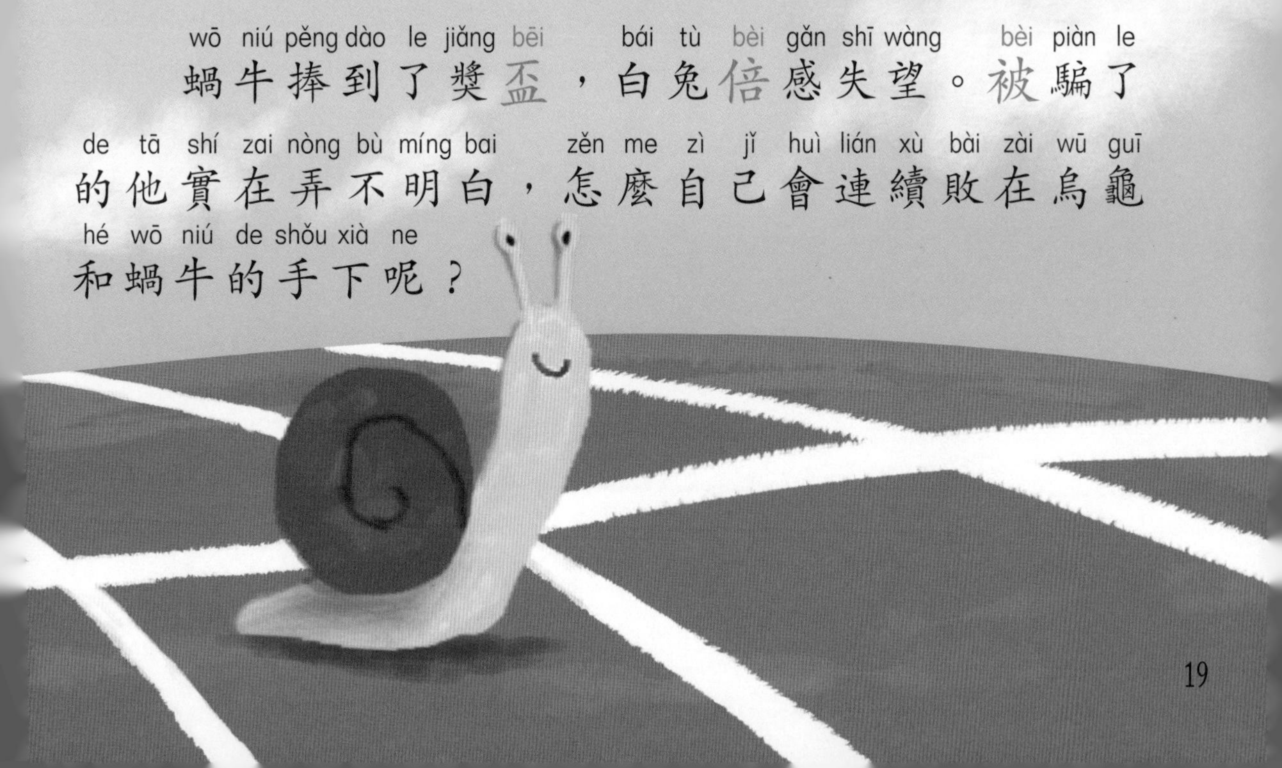

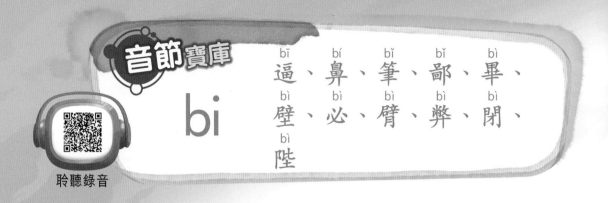

音節寶庫

bi

bī bí bǐ bǐ bì
逼、鼻、筆、鄙、畢、

bì bì bì bì bì
壁、必、臂、弊、閉、

bì
陛

聆聽錄音

shī wáng zhī zǐ
獅王之子

獅子大王想把小獅子培養成材，以後可以繼承王位，便送他進了一所名校。

誰知小獅子不愛讀書，一拿起書本眼睛就發睏，一提起筆來手就發抖，任憑老師如何逼着他學習都沒用，卻對打功夫特別感興趣，每天練功不停。考試時，他靠作弊過了關，總算拿了一張畢業文憑去見獅王。

「父王陛下，我學成歸來了。」獅王見

兒子身軀強壯，雙臂結實，像個人才，便委派
他為外交大臣，出訪各國。

　　誰知他毫無學識，出口鄙俗，不懂禮貌，
開口閉口都誇自己的國家，對別國毫不尊重，所
以處處碰壁，碰了一鼻子灰回來。

　　獅王歎道：「有其父，不一定必有其子啊。」

音節寶庫

bian

biān	biān	biān	biǎn	biàn
編 、	邊 、	蝙 、	扁 、	辮 、

biàn	biàn	biàn	biàn
辯 、	辦 、	遍 、	便

聆聽錄音

biān fú dòng tàn xiǎn
蝙蝠洞探險

bà ba yào dài xiǎo měi qù biān fú dòng tàn xiǎn
爸爸要帶小美去蝙蝠洞探險。

mā ma yì biān gěi xiǎo měi biān xiǎo biàn zi   yì biān dīng zhǔ tā lù
媽媽一邊給小美編小辮子，一邊叮囑她路

shang yào xiǎo xīn
上要小心。

biān fú dòng li hēi hēi de   yì pái pái biān fú dào guà zài dòng bì
蝙蝠洞裏黑黑的，一排排蝙蝠倒掛在洞壁

shang
上。

bà ba gào su tā   biān fú bú shì niǎo   shì wéi yī néng fēi
爸爸告訴她：「蝙蝠不是鳥，是惟一能飛

xíng de bǔ rǔ lèi dòng wù
行的哺乳類動物。」

nà zěn me fēn biàn niǎo hé biān fú ne
「那怎麼分辨鳥和蝙蝠呢？」

「蝙蝠的雙翼是一層扁平寬大的膜，連着後肢，所以牠們不太靈活，要倒掛在高處，才能伸展翼膜起飛。」

洞裏遍地是厚厚的黑顆粒，爸爸說：「這是蝙蝠的大便，洞裏的蟑螂就靠它為生呢。」

小美嚇得跑了出來。忽然，頭上飛過一個黑影，她大叫：「蝙蝠飛出來了！」

「不，那是一隻烏鴉，你還不能辨別嗎？」

小美分辯說：「牠們都是黑黑的，我看得眼睛都花了！」

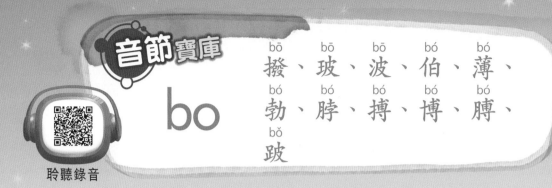

音節寶庫

bo

聆聽錄音

bō　bō　bō　bó　bó
撥、玻、波、伯、薄、

bó　bó　bó　bó　bó
勃、脖、搏、博、膊、

bǒ
跛

xiǎo hǎi guī bēn xiàng dà hǎi

小海龜奔向大海

yuè guāng xià de shā tān shang kāi shǐ bù píng jìng le　　yì zhī zhī
月光下的沙灘上開始不平靜了：一隻隻

xiǎo hǎi guī bō kāi dàn ké　shēn chū bó zi　dǒu kāi le shēn shang yì
小海龜撥開蛋殼，伸出脖子，抖開了身上一

céng bó bó de shā　　lù xù pá le chū lai
層薄薄的沙，陸續爬了出來。

老海龜博士跛着腳爬過來說：「寶寶們，歡迎你們來到這個世界上。現在你們要拿出全身力氣向東爬。記住，一定要在太陽升起來之前到達大海，不然你們會被曬死的。而且路上還得小心！我就是被一塊碎玻璃割傷了後腳的，現在只能在沙灘上養傷了。」

「謝謝你，老伯伯！我們一定會成功的。」老海龜揮揮胳膊向他們告別。

生氣勃勃的小海龜們開始為生存而搏鬥。他們互相鼓勵，奮力爬到了波浪起伏的大海邊，勇敢地投向了新生活。

音節寶庫

bu

bǔ　bǔ　bǔ　bù　bù
補、哺、捕、不、布、
bù　bù　bù
部、步、怖

聆聽錄音

nǚ wā bǔ tiān
女媧補天

jǐ wèi shén xiān lí kāi le tiān gōng　　yí bù bù zǒu xià tiān tī
幾位神仙離開了天宮，一步步走下天梯，

lái dào fán jiān
來到凡間。

nǚ wā jiàn dào yáng guāng bǔ　yù zhe wàn wù
女媧見到陽光哺育着萬物

shēng zhǎng　　dà dì yí piàn xīn xīn xiàng róng de qì
生長，大地一片欣欣向榮的氣

xiàng　　tā jué de zhè měi lì de shì jiān hái
象。她覺得這美麗的世間還

shǎo le xiē shén me　　jiù yòng ní tǔ niē le
少了些什麼，就用泥土揑了

yí gè gè xiǎo ní rén　　gěi tā men zhù rù le shēng
一個個小泥人，給他們注入了生

26

命，為世界添上了生機勃勃的一部分。

有一天，恐怖的事情發生了：水神和火神大戰，撞塌了高山，洪水泛濫，把天幕沖毀了一個角，眼看百姓就要遭殃。

女媧手邊沒有布也沒有雲來補這個大洞，只好抓起一把把美麗的石塊，用火燒成石漿，花費了七天七夜，才把天幕的破洞補好。

天神知道神仙們下凡後闖了大禍，氣得派出大將，不分青紅皂白，把水神、火神和女媧一起捕捉回天宮，以後不准再到凡間。

27

拼音 遊樂場 ①

練習內容涵蓋本書音節 ai 至 bu
由第 6 頁至第 26 頁

一 將正確的音節和圖片連起來

hé àn	hǎi bào	ài xīn	bái yún

①   ②   ③   ④

二 請為以下的拼音標上正確的聲調 ˇ ˊ ˉ ˋ

① 白兔　bai tù   ② 搬家　ban jiā

③ 拔草　ba cǎo   ④ 保護　bao hù

28

| gē bo | bái bǎn | shuǐ bēi | bǎo bao |

1

2

3

4

四 我會拼讀，我會寫

1 b + ai =

2 b + ao =

3 b + ian =

4 b + o =

音節寶庫

聆聽錄音

cai

cāi　cái　cái　cái　cái
猜、才、材、財、裁、

cǎi　cǎi　cǎi　cài
睬、採、踩、菜

niú chuǎng cài yuán
牛闖菜園

　　yí dà zǎo，wàng cái hé lǐ cái liǎng jiā jiù chǎo le qǐ lai，nǐ
　　一大早，旺財和李材兩家就吵了起來，你

cāi shì wèi shén me
猜是為什麼？

　　wàng cái shuō：nǐ qù kàn kan，nǐ jiā de lǎo niú cǎi huài le
　　旺財說：「你去看看，你家的老牛踩壞了

wǒ jiā yí dà piàn bái cài miáo
我家一大片白菜苗。」

　　lǐ cái shuō：nǐ zěn néng kěn dìng shì wǒ jiā de niú？zhè shì
　　李材說：「你怎能肯定是我家的牛？這是

nǐ zì jǐ de cāi cè，nǐ yǒu zhèng jù ma
你自己的猜測，你有證據嗎？」

　　nǐ de niú lán jiù zài wǒ de cài yuán páng biān，bú shì tā hái
　　「你的牛欄就在我的菜園旁邊，不是牠還

néng shì shéi
能是誰？」

<ruby>兩<rt>liǎng</rt></ruby><ruby>家<rt>jiā</rt></ruby><ruby>吵<rt>chǎo</rt></ruby><ruby>得<rt>de</rt></ruby><ruby>臉<rt>liǎn</rt></ruby><ruby>紅<rt>hóng</rt></ruby><ruby>耳<rt>ěr</rt></ruby><ruby>赤<rt>chì</rt></ruby>，<ruby>氣<rt>qì</rt></ruby><ruby>得<rt>de</rt></ruby><ruby>互<rt>hù</rt></ruby><ruby>不<rt>bù</rt></ruby><ruby>理<rt>lǐ</rt></ruby><ruby>睬<rt>cǎi</rt></ruby>，<ruby>最<rt>zuì</rt></ruby><ruby>後<rt>hòu</rt></ruby>

<ruby>請<rt>qǐng</rt></ruby><ruby>村<rt>cūn</rt></ruby><ruby>長<rt>zhǎng</rt></ruby><ruby>來<rt>lái</rt></ruby><ruby>裁<rt>cái</rt></ruby><ruby>決<rt>jué</rt></ruby>。

<ruby>村<rt>cūn</rt></ruby><ruby>長<rt>zhǎng</rt></ruby><ruby>去<rt>qù</rt></ruby><ruby>旺<rt>wàng</rt></ruby><ruby>財<rt>cái</rt></ruby><ruby>的<rt>de</rt></ruby><ruby>菜<rt>cài</rt></ruby><ruby>園<rt>yuán</rt></ruby><ruby>觀<rt>guān</rt></ruby><ruby>察<rt>chá</rt></ruby><ruby>現<rt>xiàn</rt></ruby><ruby>場<rt>chǎng</rt></ruby>，<ruby>又<rt>yòu</rt></ruby><ruby>去<rt>qù</rt></ruby><ruby>李<rt>lǐ</rt></ruby><ruby>材<rt>cái</rt></ruby>

<ruby>家<rt>jiā</rt></ruby><ruby>採<rt>cǎi</rt></ruby><ruby>樣<rt>yàng</rt></ruby>——<ruby>檢<rt>jiǎn</rt></ruby><ruby>查<rt>chá</rt></ruby><ruby>了<rt>le</rt></ruby><ruby>牛<rt>niú</rt></ruby><ruby>的<rt>de</rt></ruby><ruby>蹄<rt>tí</rt></ruby><ruby>子<rt>zi</rt></ruby>，<ruby>最<rt>zuì</rt></ruby><ruby>後<rt>hòu</rt></ruby><ruby>宣<rt>xuān</rt></ruby><ruby>布<rt>bù</rt></ruby><ruby>説<rt>shuō</rt></ruby>：

「<ruby>根<rt>gēn</rt></ruby><ruby>據<rt>jù</rt></ruby><ruby>蹄<rt>tí</rt></ruby><ruby>印<rt>yìn</rt></ruby><ruby>來<rt>lái</rt></ruby><ruby>看<rt>kàn</rt></ruby>，<ruby>是<rt>shì</rt></ruby><ruby>李<rt>lǐ</rt></ruby><ruby>材<rt>cái</rt></ruby><ruby>家<rt>jiā</rt></ruby><ruby>的<rt>de</rt></ruby><ruby>牛<rt>niú</rt></ruby><ruby>闖<rt>chuǎng</rt></ruby><ruby>進<rt>jìn</rt></ruby><ruby>了<rt>le</rt></ruby><ruby>旺<rt>wàng</rt></ruby><ruby>財<rt>cái</rt></ruby><ruby>的<rt>de</rt></ruby>

<ruby>菜<rt>cài</rt></ruby><ruby>園<rt>yuán</rt></ruby>，<ruby>我<rt>wǒ</rt></ruby><ruby>們<rt>men</rt></ruby><ruby>要<rt>yào</rt></ruby><ruby>保<rt>bǎo</rt></ruby><ruby>護<rt>hù</rt></ruby><ruby>私<rt>sī</rt></ruby><ruby>人<rt>rén</rt></ruby><ruby>財<rt>cái</rt></ruby><ruby>產<rt>chǎn</rt></ruby>，<ruby>李<rt>lǐ</rt></ruby><ruby>材<rt>cái</rt></ruby><ruby>應<rt>yīng</rt></ruby><ruby>賠<rt>péi</rt></ruby><ruby>償<rt>cháng</rt></ruby><ruby>旺<rt>wàng</rt></ruby><ruby>財<rt>cái</rt></ruby>

<ruby>菜<rt>cài</rt></ruby><ruby>地<rt>dì</rt></ruby><ruby>的<rt>de</rt></ruby><ruby>損<rt>sǔn</rt></ruby><ruby>失<rt>shī</rt></ruby>，<ruby>也<rt>yě</rt></ruby><ruby>要<rt>yào</rt></ruby><ruby>用<rt>yòng</rt></ruby><ruby>材<rt>cái</rt></ruby><ruby>料<rt>liào</rt></ruby><ruby>加<rt>jiā</rt></ruby><ruby>固<rt>gù</rt></ruby><ruby>自<rt>zì</rt></ruby><ruby>家<rt>jiā</rt></ruby><ruby>的<rt>de</rt></ruby><ruby>牛<rt>niú</rt></ruby><ruby>欄<rt>lán</rt></ruby>。<ruby>兩<rt>liǎng</rt></ruby>

<ruby>家<rt>jiā</rt></ruby><ruby>不<rt>bú</rt></ruby><ruby>要<rt>yào</rt></ruby><ruby>為<rt>wèi</rt></ruby><ruby>這<rt>zhè</rt></ruby><ruby>些<rt>xiē</rt></ruby><ruby>小<rt>xiǎo</rt></ruby><ruby>事<rt>shì</rt></ruby><ruby>傷<rt>shāng</rt></ruby><ruby>了<rt>le</rt></ruby><ruby>感<rt>gǎn</rt></ruby><ruby>情<rt>qíng</rt></ruby>，<ruby>和<rt>hé</rt></ruby><ruby>氣<rt>qì</rt></ruby><ruby>才<rt>cái</rt></ruby><ruby>能<rt>néng</rt></ruby><ruby>生<rt>shēng</rt></ruby><ruby>財<rt>cái</rt></ruby>

<ruby>嘛<rt>ma</rt></ruby>。」

音節寶庫

cha

chā	chā	chā	chá	chá
插	嚓	叉	查	搽

chá	chá	chà	chà	chà
茶	察	差	岔	詫

聆聽錄音

xiǎo hóng mào tàn wài pó
小紅帽探外婆

fàng shǔ jià le　　xiǎo hóng mào dú zì qù tàn wàng wài pó
放暑假了，小紅帽獨自去探望外婆。

tā zǒu guò tián yě　　chuān guò yí piàn chá yuán　　lái dào le yí gè
她走過田野，穿過一片茶園，來到了一個

sān chà lù kǒu
三岔路口。

tā hěn chà yì　　zì yán zì yǔ dào　　　　yǐ
她很詫異，自言自語道：「以

qián shì yì tiáo zhí lù　　zěn me xiàn zài biàn chéng le
前是一條直路，怎麼現在變成了

sān tiáo
三條？」

tā tiāo xuǎn le zhōng jiān de lù zǒu qù shéi zhī zǒu jìn le yí gè
她挑選了中間的路走去，誰知走進了一個
xiǎo shù lín tā zài zá luàn de shù cóng zhōng dōng chuān xī chā xún zhǎo
小樹林。她在雜亂的樹叢中東穿西插，尋找
dào lù jiǎo xià dōu shì cháng cháng de yě cǎo kā chā tā zhé
道路；腳下都是長長的野草，「咔嚓！」她折
le yì gēn shù zhī zuǒ yòu huī wǔ sǎo qīng dào lù jǐn guǎn tā rú hé
了一根樹枝左右揮舞，掃清道路。儘管她如何
xiǎo xīn dàn hái shi bèi yì zhī cū cū de shù chā cā pò le liǎn
小心，但還是被一枝粗粗的樹叉擦破了臉。

xiǎo hóng mào hěn láng bèi de dào le wài pó jiā wài pó guān chá le
小紅帽很狼狽地到了外婆家，外婆觀察了
tā de shāng kǒu zǐ xì zuò le jiǎn chá rán hòu yòng qīng shuǐ xǐ gān jìng
她的傷口，仔細作了檢查，然後用清水洗乾淨
hòu chá shang le xiāo yán yào wài pó shuō hǎo xiǎn ā chà yì diǎn
後搽上了消炎藥，外婆說：「好險啊，差一點
shāng le yǎn jīng ne nǐ huí jiā shí kě yào xiǎo xīn le
傷了眼睛呢！你回家時可要小心了。」

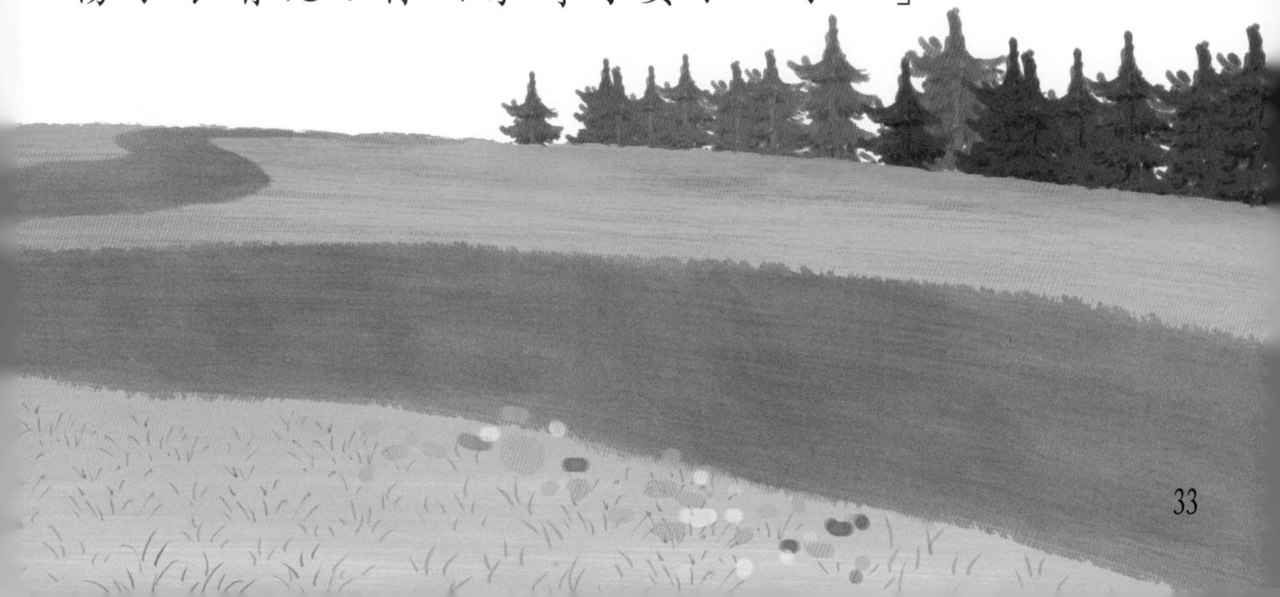

音節寶庫

chan

chān chán chán chán chán
攙、潺、蟬、蟾、饞、
chán chǎn chàn
纏、產、顫

聆聽錄音

chán chú hé chán chǎo jià
蟾蜍和蟬吵架

xià tiān dào le　　chán zài shù shang dà chàng tè chàng chàng de kě
夏天到了，蟬在樹上大唱特唱，唱得渴

le　　jiù xià dào chán chán liú dòng de xiǎo xī biān hē gè tòng kuai
了，就下到潺潺流動的小溪邊喝個痛快。

zhù zài xī biān de chán chú chān fú zhe qī zi zǒu guò lai　　bù mǎn
住在溪邊的蟾蜍攙扶着妻子走過來，不滿

de shuō　　　　nǐ zhěng tiān chàng shén me ya　　yòu nán tīng yòu cáo chǎo
地説：「你整天唱什麼呀，又難聽又嘈吵！」

chán qì de shēng yīn dōu chàn dǒu le　　　péng you men dōu xǐ huan
蟬氣得聲音都顫抖了：「朋友們都喜歡

wǒ de gē shēng　　nǐ zěn me zhè yàng wú lǐ a
我的歌聲，你怎麼這樣無禮啊？」

chán chú shuō　　　wǒ tài tai zhèng yào chǎn luǎn　　nǐ chǎo de tā
蟾蜍説：「我太太正要產卵，你吵得她

xīn xù bù níng　　bié zài chàng le ba
心緒不寧，別再唱了吧！」

蟬開口大罵：「你不會欣賞音樂，整天只知道找蟲吃，是個饞鬼！別干涉我唱歌的自由吧！」

蟬想飛離這裏，可是蟾蜍纏着牠不放：「你罵我是饞鬼，你應該向我道歉！」

「你誣衊我的歌聲難聽，你應該先向我說對不起！」

牠倆吵到天黑，不歡而散。

音節寶庫

chang

cháng cháng cháng cháng cháng
常、長、償、嘗、腸、
chǎng chǎng chàng chàng
場、敞、暢、唱

聆聽錄音

jiǎo huá de hú li
狡猾的狐狸

wū yā zhǎo dào yì gēn cháng cháng de ròu cháng xīn qíng shū chàng
烏鴉找到一根長長的肉腸，心情舒暢，

fēi dào yì kē dà shù shang zhǔn bèi màn màn pǐn cháng
飛到一棵大樹上，準備慢慢品嘗。

hú li gāng hǎo zǒu guò wén dào ròu cháng de xiāng wèi tái tóu yí
狐狸剛好走過，聞到肉腸的香味，抬頭一

wàng yuán lái ròu cháng zài wū yā de zuǐ li
望，原來肉腸在烏鴉的嘴裏。

hú li zhǎn kāi yí fù xiào liǎn kāi kǒu shuō
狐狸展開一副笑臉，開口説：

wū yā dà gē hǎo jiǔ bú jiàn wǒ hěn
「烏鴉大哥，好久不見，我很

huái niàn nǐ de gē shēng ā
懷念你的歌聲啊！」

烏鴉好奇
地向下望去：從來沒
有誰誇過我的聲音啊。

狐狸滔滔不絕地說着：「我常常聽你唱歌，你的歌聲嘹亮動聽，黃鶯都比不上！那天黃鶯開獨唱會，敞開喉嚨大唱了一場，哼，只有小貓兩三隻去捧場。我只愛聽你的歌聲。烏鴉大哥，給我唱一個吧！」

禁不住狐狸的甜言蜜語，烏鴉張嘴準備大唱，肉腸掉了下來，狐狸如願以償，叼着肉腸跑掉了。

音節寶庫

chao

chāo　chāo　cháo　cháo　cháo
超、抄、潮、朝、巢、
cháo　chǎo　chǎo
嘲、炒、吵

聆聽錄音

yàn zi ān jiā
燕子安家

xiǎo jié zhèng zài zuò gōng kè　　lǎo shī yào tā men bǎ kè wén　　qián
小傑正在做功課，老師要他們把課文《錢

táng guān cháo　　chāo sān biàn　　xiǎo jié xiě de tóu hūn nǎo zhàng　hěn bú nài
塘觀潮》抄三遍，小傑寫得頭昏腦漲，很不耐

fán
煩。

mā ma zài chú fáng li chǎo cài　　hū rán　　tā jīng xǐ de hǎn
媽媽在廚房裏炒菜，忽然，她驚喜地喊

dào　　xiǎo jié　　nǐ kàn　　yàn zi zài wǒ jiā wū yán xià zhù le yí gè
道：「小傑，你看，燕子在我家屋檐下築了一個

cháo
巢！」

xiǎo jié cháo chuāng wài yí kàn　　guǒ rán　　wū yán xià yǒu gè huī hēi
小傑朝窗外一看，果然，屋檐下有個灰黑

de niǎo cháo　　jǐ zhī yàn zi zài cháo li jī jī zhā zhā jiào gè bù tíng
的鳥巢，幾隻燕子在巢裏嘰嘰喳喳叫個不停。

<ruby>哼<rt>hēng</rt></ruby>，<ruby>燕<rt>yàn</rt></ruby><ruby>子<rt>zi</rt></ruby><ruby>是<rt>shì</rt></ruby><ruby>在<rt>zài</rt></ruby><ruby>嘲<rt>cháo</rt></ruby><ruby>笑<rt>xiào</rt></ruby><ruby>我<rt>wǒ</rt></ruby><ruby>不<rt>bù</rt></ruby><ruby>得<rt>dé</rt></ruby><ruby>不<rt>bù</rt></ruby><ruby>關<rt>guān</rt></ruby><ruby>在<rt>zài</rt></ruby><ruby>家<rt>jiā</rt></ruby><ruby>裏<rt>li</rt></ruby><ruby>做<rt>zuò</rt></ruby><ruby>功<rt>gōng</rt></ruby><ruby>課<rt>kè</rt></ruby>，<ruby>不<rt>bù</rt></ruby><ruby>能<rt>néng</rt></ruby><ruby>像<rt>xiàng</rt></ruby><ruby>牠<rt>tā</rt></ruby><ruby>們<rt>men</rt></ruby><ruby>那<rt>nà</rt></ruby><ruby>樣<rt>yàng</rt></ruby><ruby>在<rt>zài</rt></ruby><ruby>外<rt>wài</rt></ruby><ruby>面<rt>mian</rt></ruby><ruby>玩<rt>wán</rt></ruby>？

<ruby>小<rt>xiǎo</rt></ruby><ruby>傑<rt>jié</rt></ruby><ruby>朝<rt>cháo</rt></ruby><ruby>窗<rt>chuāng</rt></ruby><ruby>外<rt>wài</rt></ruby><ruby>大<rt>dà</rt></ruby><ruby>聲<rt>shēng</rt></ruby><ruby>叫<rt>jiào</rt></ruby><ruby>道<rt>dào</rt></ruby>：「<ruby>嘿<rt>hēi</rt></ruby>，<ruby>你<rt>nǐ</rt></ruby><ruby>們<rt>men</rt></ruby><ruby>別<rt>bié</rt></ruby><ruby>吵<rt>chǎo</rt></ruby><ruby>了<rt>le</rt></ruby>！」

<ruby>媽<rt>mā</rt></ruby><ruby>媽<rt>ma</rt></ruby><ruby>説<rt>shuō</rt></ruby>：「<ruby>燕<rt>yàn</rt></ruby><ruby>子<rt>zi</rt></ruby><ruby>在<rt>zài</rt></ruby><ruby>唱<rt>chàng</rt></ruby><ruby>歌<rt>gē</rt></ruby><ruby>呀<rt>ya</rt></ruby>，<ruby>唱<rt>chàng</rt></ruby><ruby>得<rt>de</rt></ruby><ruby>多<rt>duō</rt></ruby><ruby>好<rt>hǎo</rt></ruby><ruby>聽<rt>tīng</rt></ruby>！」

「<ruby>我<rt>wǒ</rt></ruby><ruby>不<rt>bú</rt></ruby><ruby>是<rt>shì</rt></ruby><ruby>超<rt>chāo</rt></ruby><ruby>人<rt>rén</rt></ruby>，<ruby>我<rt>wǒ</rt></ruby><ruby>要<rt>yào</rt></ruby><ruby>安<rt>ān</rt></ruby><ruby>靜<rt>jìng</rt></ruby><ruby>的<rt>de</rt></ruby><ruby>環<rt>huán</rt></ruby><ruby>境<rt>jìng</rt></ruby><ruby>才<rt>cái</rt></ruby><ruby>能<rt>néng</rt></ruby><ruby>寫<rt>xiě</rt></ruby><ruby>字<rt>zì</rt></ruby>！」<ruby>小<rt>xiǎo</rt></ruby><ruby>傑<rt>jié</rt></ruby><ruby>嚷<rt>rǎng</rt></ruby><ruby>道<rt>dào</rt></ruby>。

<ruby>媽<rt>mā</rt></ruby><ruby>媽<rt>ma</rt></ruby><ruby>温<rt>róu</rt></ruby><ruby>柔<rt>de</rt></ruby><ruby>地<rt>shuō</rt></ruby><ruby>説<rt></rt></ruby>：「<ruby>小<rt>xiǎo</rt></ruby><ruby>燕<rt>yàn</rt></ruby><ruby>子<rt>zi</rt></ruby><ruby>是<rt>shì</rt></ruby><ruby>在<rt>zài</rt></ruby><ruby>和<rt>hé</rt></ruby><ruby>爸<rt>bà</rt></ruby><ruby>爸<rt>ba</rt></ruby><ruby>媽<rt>mā</rt></ruby><ruby>媽<rt>ma</rt></ruby><ruby>説<rt>shuō</rt></ruby><ruby>話<rt>huà</rt></ruby><ruby>呢<rt>ne</rt></ruby>，<ruby>牠<rt>tā</rt></ruby><ruby>們<rt>men</rt></ruby><ruby>是<rt>shì</rt></ruby><ruby>幸<rt>xìng</rt></ruby><ruby>福<rt>fú</rt></ruby><ruby>的<rt>de</rt></ruby><ruby>一<rt>yì</rt></ruby><ruby>家<rt>jiā</rt></ruby>。<ruby>燕<rt>yàn</rt></ruby><ruby>子<rt>zi</rt></ruby><ruby>能<rt>néng</rt></ruby><ruby>在<rt>zài</rt></ruby><ruby>我<rt>wǒ</rt></ruby><ruby>們<rt>men</rt></ruby><ruby>這<rt>zhè</rt></ruby><ruby>裏<rt>li</rt></ruby><ruby>安<rt>ān</rt></ruby><ruby>家<rt>jiā</rt></ruby>，<ruby>也<rt>yě</rt></ruby><ruby>是<rt>shì</rt></ruby><ruby>我<rt>wǒ</rt></ruby><ruby>們<rt>men</rt></ruby><ruby>的<rt>de</rt></ruby><ruby>運<rt>yùn</rt></ruby><ruby>氣<rt>qi</rt></ruby><ruby>呢<rt>ne</rt></ruby>。」

chen

chén chén chén chén chén
沉、忱、陳、辰、晨、

chén chén chèn chèn chèn
臣、塵、襯、稱、趁

guó wáng de shēng chén
國王的生辰

dà chén liǎo jiě guó wáng de pí qì　　dāng tā gāo xìng shí　　rèn hé
大臣了解國王的脾氣：當他高興時，任何

yāo qiú dū huì dā ying
要求都會答應。

bǎi xìng fǎn yìng shuō　　　　mù qiáo gāi xiū lǐ le　　yǒu rén
百姓反映說：「木橋該修理了，有人

cǎi dào làn mù bǎn　　diào le xià qu　　chén dào hé dǐ wèi yú
踩到爛木板，掉了下去，沉到河底餵魚

le　　　　dà chén shuō　　　　zhī dao le
了。」大臣說：「知道了。」

guó wáng de shēng chén kuài dào le　　dà chén yòng xīn
國王的生辰快到了，大臣用心

bù zhì　　tōng wǎng gōng diàn de dào lù dá sǎo de gān gān jìng
布置：通往宮殿的道路打掃得乾乾淨

jìng　　yì chén bù rǎn　　dà diàn li de chén shè huàn rán yì
淨，一塵不染；大殿裏的陳設煥然一

xīn　　bǎi shang le guó wáng xǐ ài de gǔ wán wén wù　　yù huā
新，擺上了國王喜愛的古玩文物；御花

園裏種滿了奇花異草，綠葉襯着絢爛的花朵，美不勝收。

國王清晨起牀，換好朝服走向宮殿。一路上百姓夾道，向他熱忱地歡呼，大殿裏舉行了隆重的慶祝儀式……一切都稱心如意，樂得國王心花怒放。

大臣趁機向他轉達了百姓的要求，國王一口答應。

兩天之後，壞木橋修好了。

音節寶庫

cheng

chēng　chēng　chéng　chéng　chéng
稱、瞠、成、呈、乘、
chéng　chéng　chéng　chěng　chèng
城、承、丞、逞、秤

聆聽錄音

cáo chōng chēng xiàng
曹沖稱象

wú guó sūn quán pài rén chéng sòng yì tóu dà xiàng gěi wèi guó chéng xiàng
吳國孫權派人呈送一頭大象給魏國丞相

cáo cāo　　　dà xiàng chéng zhe yì tiáo dà chuán yùn dào le chéng mén mǎ tou
曹操，大象乘着一條大船運到了城門碼頭，

cáo cāo hé wén wǔ bǎi guān qián qù guān kàn
曹操和文武百官前去觀看。

cáo cāo shuō　　　zhè tóu xiàng zhēn dà ya　　bù zhī dao yǒu duō zhòng
曹操說：「這頭象真大呀，不知道有多重

ne　　bǎ tā chēng yi chēng ba
呢？把牠稱一稱吧！」

zhè xià kě nán dǎo le zhòng chén　　nǎr　　yǒu zhè me dà de chèng
這下可難倒了眾臣。哪兒有這麼大的秤

a
啊！

liù suì de cáo chōng shuō　　　fù qin　　wǒ yǒu bàn fǎ
六歲的曹沖說：「父親，我有辦法！」

42

曹操心想：這孩子逞什麼能呀！卻讓兒子
試試。

曹沖叫人把象留在船上，在河岸邊刻下
了船舷的高度；然後把大象牽上岸，令人往
船上搬石頭。船承載了石頭就往下沉，沉到
剛才的刻度就停止搬石。把船上的石頭分批稱
重，就得出了大象的重量。

曹沖成功地解決了這道難題，看得人們
瞠目結舌，稱讚不已。

43

chi

chī chī chí chǐ chǐ
吃、嗤、池、齒、尺、
chǐ chì chì
恥、斥、翅

qīng wā de běn shi
青蛙的本事

chí táng li hé huā shèng kāi　qīng wā zuò zài yì zhāng dà hé yè
池塘裏荷花盛開，青蛙坐在一張大荷葉
shang gāo shēng chàng gē
上高聲唱歌。

yì tiáo xiǎo yú shēn chu tóu lai chī xiào tā shuō　zhǐ tīng jian nǐ
一條小魚伸出頭來嗤笑牠説：「只聽見你
zhěng tiān guā guā chàng　nǐ méi yǒu bié de běn shi ma
整天呱呱唱，你沒有別的本事嗎？」

yú mā ma yóu guò lai chì zé hái zi shuō　bú yào zhè yàng chǐ
魚媽媽游過來斥責孩子説：「不要這樣恥
xiào tā　qīng wā gē ge hěn yǒu běn shi ne　tā zài shuǐ li hé lù dì
笑牠，青蛙哥哥很有本事呢。他在水裏和陸地
shang dōu néng shēng huó　tā suī rán méi yǒu jiān ruì de zhuǎ zi hé yá chǐ
上都能生活。他雖然沒有尖鋭的爪子和牙齒
bǔ shí　kě shì nǐ qiáo
捕食，可是你瞧！」

zhèng hǎo hé yè shang yǒu zhī xiǎo jiǎ chóng　zhǐ jiàn qīng wā　yì zhāng
正好荷葉上有隻小甲蟲，只見青蛙一張

zuǐ　fān chu yì tiáo yì chǐ lái cháng de shé tou　yí xià zi jiù bǎ jiǎ
嘴，翻出一條一尺來長的舌頭，一下子就把甲

chóng juǎn jìn zuǐ li chī diào le
蟲捲進嘴裏吃掉了。

xiǎo yú wèn　　qīng wā gē ge　　nǐ néng fēi ma
小魚問：「青蛙哥哥，你能飛嗎？」

wǒ méi yǒu chì bǎng bù néng fēi　kě shì nǐ kàn　wǒ néng tiào
「我沒有翅膀不能飛，可是你看，我能跳

de hěn yuǎn　　shuō zhe　qīng wā yì dēng hòu tuǐ　sōu de yí xià zi
得很遠。」說着，青蛙一蹬後腿，嗖地一下子

tiào shang le àn
跳上了岸。

45

音節寶庫

chōng chōng chōng chōng chōng
充、衝、忡、沖、憧、

chóng chóng chóng chǒng
重、蟲、崇、寵

chong

聆聽錄音

gē ge huí lai le
哥哥回來了

　　míng lǐ cóng xiǎo jiù chóng bài gē ge　　jīn tiān gē ge liú xué huí
明禮從小就崇拜哥哥，今天哥哥留學回

lai　　míng lǐ xīng fèn jí le
來，明禮興奮極了。

　　yì tīng jian mén líng shēng　míng lǐ jiù cóng zì jǐ fáng jiān li chōng chū
一聽見門鈴聲，明禮就從自己房間裏衝出

lai　　tā lā zhe gē ge wèn cháng wèn duǎn　　mā ma chōng le mì táng shuǐ gěi
來。他拉着哥哥問長問短，媽媽沖了蜜糖水給

gē ge jiě kě
哥哥解渴。

　　gē ge cóng xiǎo xǐ huan dòng wù
哥哥從小喜歡動物，

yóu qí ài kūn chóng　　jiā zhōng céng jīng
尤其愛昆蟲，家中曾經

yǎng le bù shǎo xiǎo chǒng wù　　suǒ yǐ
養了不少小寵物，所以

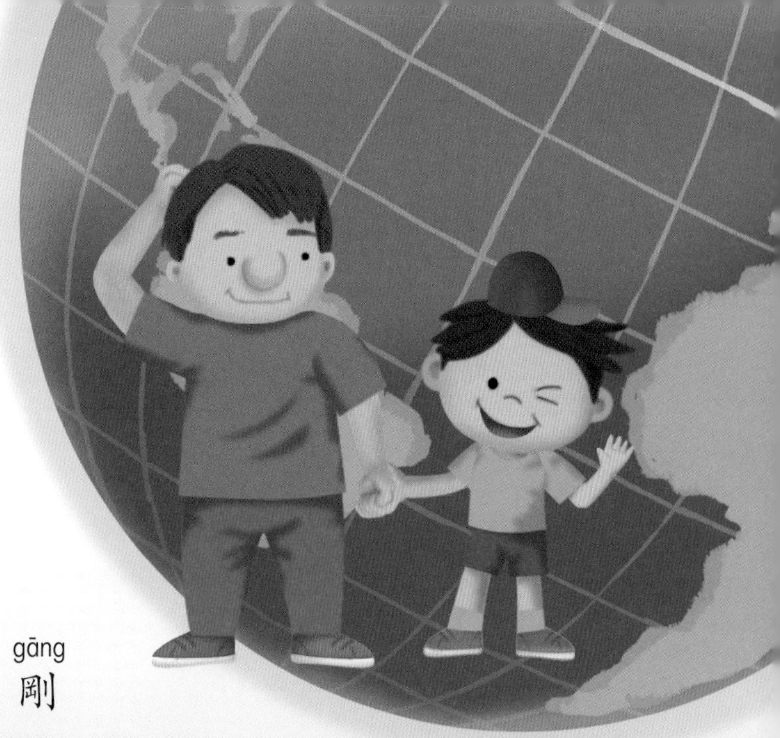

tā zài wài guó dú le
他在外國讀了
shēng wù xué
生物學。

gē ge shuō le hěn
哥哥說了很
duō zài dà xué li dú shū de
多在大學裏讀書的
qù shì gē ge shuō gāng
趣事。哥哥說：「剛
dào wài guó shí kùn nan chóng chóng yǔ yán
到外國時，困難重重，語言
bú guò guān shēng huó bù xí guàn yā lì hěn zhòng nà shí zì jǐ yōu xīn
不過關，生活不習慣，壓力很重。那時自己憂心
chōng chōng shēng pà ái bu zhù kě shì jīng guò nǔ lì hé dé dào lǎo shī
忡忡，生怕捱不住。可是經過努力和得到老師
tóng xué de bāng zhù zhōng yú kè fú le
同學的幫助，終於克服了。」

gē ge nǐ yǐ hòu yào dāng gè shēng wù xué jiā ma
「哥哥，你以後要當個生物學家嗎？」
míng lǐ wèn
明禮問。

dāng rán la wǒ yào zhōng shēn yán jiū wǒ xīn ài de kūn chóng
「當然啦，我要終身研究我心愛的昆蟲。」
gē ge duì wèi lái chōng mǎn le měi lì de chōng jǐng
哥哥對未來充滿了美麗的憧憬。

chou

chóu	chóu	chóu	chóu	chóu
躊	愁	綢	籌	惆

chǒu	chǒu	chòu
醜	瞅	臭

聆聽錄音

企鵝妹妹的煩惱
qǐ é mèi mei de fán nǎo

qǐ é mèi mei hěn táo qì　　zhěng tiān zài ní shuǐ li dǎ gǔn　　qǐ
企鵝妹妹很淘氣，整天在泥水裏打滾，企

é mā ma jiàn le tā jiù fā chóu　　　　āi yā　　qiáo nǐ zhè chǒu mú
鵝媽媽見了她就發愁：「哎呀，瞧你這醜模

yàng　　zěn me jiàn de liǎo rén a
樣！怎麼見得了人啊！」

真的，企鵝妹妹原本絲綢一樣的皮毛變得很骯髒，渾身還散發着一股臭味。其他企鵝經過她身旁，只要瞅她一眼，就躲得遠遠的。

沒有玩伴，企鵝妹妹心中很惆悵。她躊躇着，想去找企鵝姐姐談談心事。

企鵝姐姐成了家，有了寶寶，但還是很關心妹妹。她說：「別煩惱，這事情很好解決。首先你要改掉滾泥水的壞習慣。你的生日不是快到了嗎？交給我吧！」

企鵝姐姐為她籌辦了一個出色的生日會，企鵝妹妹重新找到了很多朋友。

音節寶庫

chu

聆聽錄音

chū　chú　chú　chú　chǔ
出、櫥、除、廚、儲、
chǔ　chù　chù
楚、處、矗

xiǎo jiā zhù xīn wū

小佳住新屋

jīn tiān　xiǎo jiā yì jiā bān chū le táng lóu　zhù jìn le xīn
今天，小佳一家搬出了唐樓，住進了新

jiā
家。

xīn jiā zuò luò zài yí piàn xīn jiàn de zhù zhái qū nèi　zhè li dào
新家座落在一片新建的住宅區內。這裏到

chù chù lì zhe gāo lóu dà shà　xiǎo jiā de jiā zài qí zhōng de yí dòng
處矗立着高樓大廈，小佳的家在其中的一棟

lóu li　shì bà ba mā ma huā le duō nián de chǔ xù cái mǎi dào de yí
樓裏，是爸爸媽媽花了多年的儲蓄才買到的一

tào xīn fáng zi
套新房子。

xīn jiā yǒu sān fáng liǎng tīng　hái yǒu chú fáng hé liǎng gè xǐ shǒu
新家有三房兩廳，還有廚房和兩個洗手

jiān　chú le zhè xiē　hái yǒu yí gè chǔ wù jiān
間。除了這些，還有一個儲物間。

小佳和哥哥都有了自己的房間。她的房裏
有張小牀，有一個衣櫥、兩個書架，還有她
專用的書桌。從窗口望出去，可以清楚地見
到遠山和海港，風景美極了。

小佳心中很快樂，現在她有了這麼好的住
房和學習環境，她要更加努力學習。

cí　cí　cí　cǐ　cì
慈、辭、雌、此、刺、
cì　cì　cì
賜、次、伺

ci

聆聽錄音

xiǎo cì wèi de cì
小刺蝟的刺

xiǎo cì wèi xiǎng zhǎo péng you yì qǐ wán
小刺蝟想找朋友一起玩。

yì zhī xióng tù hé yì zhī cí tù zài cǎo dì shang wán
一隻雄兔和一隻雌兔在草地上玩

qiú　　yí jiàn xiǎo cì wèi xià de wǎng hòu tuì　　bié
球，一見小刺蝟嚇得往後退：「別

guò lai　　nǐ de cì huì cì tòng wǒ men de
過來，你的刺會刺痛我們的！」

wǒ lái cì hou nǐ men　　bāng nǐ men
「我來伺候你們，幫你們

jiǎn qiú
撿球。」

nà yě bù xíng　　nǐ de cì huì
「那也不行，你的刺會

zhā pò qiú de
扎破球的！」

小刺蝟向媽媽哭訴：「豈有此理，小兔說我有刺，不跟我玩！」

媽媽慈祥地說：「刺，是上天賜給我們的禮物，我們用它來保護自己，不會傷害朋友的。」

正在此時，一隻野狼撲過去想抓兔子，兔子大叫救命。小刺蝟衝出去，滾到野狼身邊，用全身的刺拼命刺牠，野狼痛得逃跑了。

兔子感謝小刺蝟救了命，小刺蝟說：「我有刺，保護朋友是義不容辭的。下次你們有危險時，記得叫我！」

拼音 遊樂場 2

練習內容涵蓋本書音節 cai 至 ci
由第 30 頁至第 52 頁

一 請選出正確的拼音 ☑ ◢

1.
- [ ] yún cai
- [ ] yùn cǎi

2.
- [ ] chéng shì
- [ ] chéng shí

3.
- [ ] chá běi
- [ ] chá bēi

4.
- [ ] yā chì
- [ ] yá chǐ

二 請為以下的拼音標上正確的聲調 ∨ ／ 一 ＼ ◢

1. 翅膀　chi bǎng
2. 池塘　chi táng
3. 尺寸　chi cùn
4. 吃飽　chi bǎo

| chǐ zi | chā zi | qīng cài | chàng gē |

1

2

3

4

四 我會拼讀，我會寫

1 c + ai =

2 ch + an =

3 ch + eng =

4 ch + ou =

音節寶庫

dai

dāi　dāi　dǎi　dài　dài
呆、獃、歹、代、帶、

dài　dài　dài
戴、待、袋

聆聽錄音

dōng guō xiān sheng
東郭先生

dōng guō xiān sheng dài shang mián mào　dài　le　yí　dà　dài　shū chū
東郭先生戴上棉帽，帶了一大袋書出

wài
外。

yì　zhī láng bèi　liè　rén zhuī gǎn　táo　dào dōng guō xiān sheng miàn qián　āi
一隻狼被獵人追趕，逃到東郭先生面前哀

qiú dào　qǐng xiān sheng jiù mìng
求道：「請先生救命！」

dōng guō xiān sheng bǎ　bù　dài　li　de　shū dào　le　chū　lai　ràng láng zuān
東郭先生把布袋裏的書倒了出來，讓狼鑽

le　jìn　qu
了進去。

liè　rén zhuī lai　wèn dào　xiān sheng shì fǒu kàn jian　yì　zhī láng jīng
獵人追來，問道：「先生是否看見一隻狼經

guò
過？」

東郭先生說：「沒有啊。」

獵人走了，東郭先生把狼從布袋裏放了出來。餓極了的狼眼露兇光，要把東郭先生當午餐。

東郭先生嚇呆了，大罵狼不知好歹，忘恩負義：「我待你這麼好，你倒要吃掉我？」他找了個老農夫來評理。

聰明的老農夫把狼騙進了布袋，用鋤頭把狼打死，代東郭先生報了仇。

小朋友，可不要學不分善惡的書獃子東郭先生這麼笨啊。

57

音節寶庫

dan

dān dān dān dān dǎn
耽、眈、單、擔、膽、
dàn dàn dàn dàn dàn
旦、彈、但、淡、擔、
dàn
蛋

聆聽錄音

獵人打獵

liè rén dǎ liè

yì qún liè rén cóng hǎi shang zuò chuán dào sēn lín qù dǎ liè　tā
一羣獵人從海上坐船到森林去打獵，他

menzhǔn bèi le chōng zú de dàn yào hé dàn shuǐ
們準備了充足的彈藥和淡水。

duì zhǎng ā huī de dǎn zi zuì dà　dān fù qi quán duì rén de
隊長阿輝的膽子最大，擔負起全隊人的

ān quán zé rèn　tā shuō　zhè fù dàn zi bù qīng a　wǒ men yào
安全責任，他說：「這副擔子不輕啊。我們要

tuán jié yí zhì　bú yào dān dú xíng dòng　yí dàn chū shì gù　yào tīng
團結一致，不要單獨行動。一旦出事故，要聽

cóng zhǐ huī
從指揮。」

yǒu gè liè rén tài mǐn gǎn　zǒu jìn sēn lín hòu yí shén yí guǐ
有個獵人太敏感，走進森林後疑神疑鬼，

zǒng jué de bèi hòu yǒu měngshòu zài hǔ shì dān dān　yǒu yí cì tā jiù zì
總覺得背後有猛獸在虎視眈眈，有一次他就自

己開了槍，誤傷了同伴。為了包紮傷口，耽誤了大家的行程。

有個獵人很膽怯，路上總縮在隊長身後，見了小松鼠也不敢開槍，被人叫作「笨蛋」。

儘管波折重重，但是阿輝隊長領導有方，他們還是大獲全勝，扛了兩頭小鹿和兩隻羚羊回來。

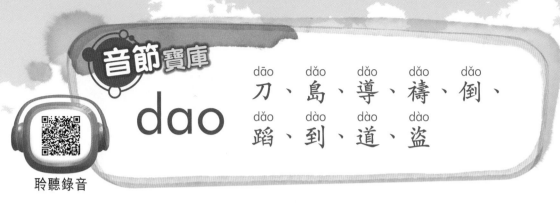

音節寶庫

dao

dāo dǎo dǎo dǎo dǎo
刀、島、導、禱、倒、
dǎo dào dào dào
蹈、到、道、盜

聆聽錄音

hǎi shang yù xiǎn
海上遇險

yì sōu yóu lún zài gōng hǎi li zāo dào le hǎi dào xí jī
一艘遊輪在公海裏遭到了海盜襲擊。

xiōng shén è shà de hǎi dào men huī wǔ zhe dà dāo tiào shàng lún chuán
兇神惡煞的海盜們揮舞着大刀跳上輪船，

chuán zhǎng shuài lǐng zhe chuán yuán men fèn lì dǐ kàng zhàn dòu zài jī liè de jìn
船長率領着船員們奮力抵抗，戰鬥在激烈地進

xíng zhe shuāng fāng dōu yǒu rén dǎo xià yóu kè men bèi
行着，雙方都有人倒下。遊客們被

gào zhī liú zài chuán cāng guān jǐn fáng mén
告知留在船艙，關緊房門。

一些身強體壯的年青人自動加入戰鬥。

老年人和婦女們在艙裏禱告，祈求神的幫助。

大家人心惶惶，都不知道戰果會怎樣。

由於船長報了警，國際巡警隊迅速趕到，用武力征服了海盜。

大家走出船艙，在甲板上手舞足蹈慶祝勝利。船長檢查之後，發現導航器已經損壞，只得把遊輪漂流到附近的一個島旁，等待救援。

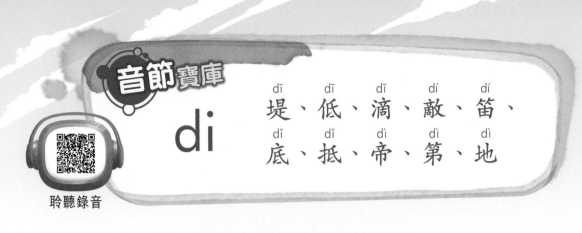

音節寶庫

di

堤、低、滴、敵、笛、
dī　dī　dī　dí　dí

底、抵、帝、第、地
dǐ　dǐ　dì　dì　dì

聆聽錄音

chuī　dí　shào nián
吹笛少年

cóng qián yǒu　gè shào nián hěn　ài　chuī　dí　zi　　yì　tiān wǎn shang　　tā
從前有個少年很愛吹笛子，一天晚上，他

lái dào cūn wài de hé　dī shang　　duì zhe yuè liang chuī zòu
來到村外的河堤上，對着月亮吹奏。

tā　de shuāng jiǎo chuí zài　dī　bì shang　　hū　rán gǎn
他的雙腳垂在堤壁上，忽然感

dào shī lū lū de　　dī　tóu yí kàn　　fā xiàn dī
到濕漉漉的。低頭一看，發現堤

62

壁上有水滴正在滲出來。不好，河堤漏水了！他趕忙用雙手挖來一堆堆泥土，把滲水的小洞堵上。第二天，村民們齊來加固了河堤。大家都說吹笛少年救了全村。

又有一晚，他來到河堤想吹笛，忽然見到堤對面隱隱約約的人影。他彎腰沿着堤底偷偷走近一看，是敵國的幾個士兵在偵察地形，聽到他們在說：明天晚上將有大軍要來偷襲。

少年趕快回去報告了皇帝。第二天晚上敵軍抵達時，這裏早就嚴陣以待，給敵軍迎頭痛擊。吹笛少年再次救了大家。

音節寶庫

dian

diān　diān　diǎn　diǎn　diǎn
巔、癲、踮、點、典、
diàn　diàn　diàn　diàn
店、墊、電、惦

聆聽錄音

diān bó de xiǎo diàn
癲伯的小店

jì dé wǒ men zhù zài shān qū de rì zi li wǒ cháng dào diān bó
記得我們住在山區的日子裏，我常到癲伯

de xiǎo diàn pù qù wán
的小店舖去玩。

tā de xiǎo diàn shè zài lù biān kě yǐ wàng jiàn bù yuǎn chù de shān
他的小店設在路邊，可以望見不遠處的山

diān tīng shuō tā yǐ qián shòu guò shén me cì jī suǒ yǐ shén jīng yǒu xiē
巔。聽説他以前受過什麼刺激，所以神經有些

bú zhèng cháng jīng cháng zì yán zì yǔ huò dú zì wēi xiào suǒ yǐ rén men
不正常，經常自言自語或獨自微笑，所以人們

jiào tā diān bó qí shí tā shì gè hěn hé shàn de rén
叫他癲伯，其實他是個很和善的人。

我那時長得矮小，要踮起腳尖才能和櫃台後面的癲伯說話。他店裏的貨品很雜，有食物、小電器、過期的雜誌、經典小說、家庭用品……所以，常常有些山民來買點什麼。我可以任意擺弄他的貨品，他還常常讓我坐在鋪着棉墊的椅子上看漫畫。

長大後我去城裏念書，離開了山區，但是我一直惦記着癲伯和他的小店。

音節寶庫

diao

dīao dīao dīao dīao dìao
刁、叼、碉、貂、調、

dìao dìao dìao
掉、吊、釣

聆聽錄音

diāo mā ma dìao yú
貂媽媽釣魚

xuě diāo yì jiā yīn wèi diāo bà ba de gōng zuò dìao dòng cóng shān shang
雪貂一家因為貂爸爸的工作調動，從山上

bān dào shān jiǎo xià jū zhù zài hé biān yì suǒ fèi jiù de diāo bǎo li
搬到山腳下，居住在河邊一所廢舊的碉堡裏。

chī bu dào shān shang de xiǎo sōng shǔ le diāo mā ma zhǐ hǎo měi tiān
吃不到山上的小松鼠了，貂媽媽只好每天

到河邊去釣魚。她不會釣，時常整天釣不到一條魚，或者在拉回魚竿時把剛上鈎的魚又掉進了水裏，浪費了很多魚餌。

這天，貂媽媽嘴裏叼着幾條小魚，高高興興拿回家餵小雪貂。

「咦，怎麼這樣腥呀，我不要吃。」小雪貂說。

「哎呀，你吃松鼠吃得嘴巴刁了，魚很好吃的，營養也豐富。」貂媽媽說。

小雪貂還是不肯吃，貂媽媽只好把魚用鹽醃好，吊起來風乾，留着過年吃。

音節寶庫

dong

dōng dōng dōng dǒng dòng
東、冬、咚、懂、動、

dòng dòng dòng
洞、凍、棟

聆聽錄音

xiǎo dōng de chǒng wù
小東的寵物

xiǎo dōng xiǎng yǎng māo gǒu dāng chǒng wù　　mā ma bù dā ying
小東想養貓狗當寵物，媽媽不答應，

shuō　　sì yǎng māo gǒu hěn má fan de　　nǐ bù dǒng　wǒ yě bú huì
說：飼養貓狗很麻煩的，你不懂，我也不會。」

bà ba shuō　　　gōng wū jū mín shì bù zhǔn sì yǎng māo gǒu de
爸爸說：「公屋居民是不准飼養貓狗的。」

xiǎo dōng shuō　　　wǒ men zhè dòng lóu li hǎo jǐ jiā dōu yǎng zhe gǒu
小東說：「我們這棟樓裏好幾家都養着狗

ne
呢。」

bà ba shuō　　　wǒ men bù néng zuò bù hé fǎ de shì
爸爸說：「我們不能做不合法的事。」

kě shì bà ba hái shi gěi xiǎo dōng mǎi lái yì zhī lǜ máo wū guī
可是爸爸還是給小東買來一隻綠毛烏龜，

fàng zài yí gè dà bō li gāng li　　hái bù zhì le yí gè jiǎ shān shí dòng
放在一個大玻璃缸裏，還布置了一個假山石洞

給烏龜當住所。小烏龜在缸裏爬來爬去，有時還用前爪「咚咚咚」地敲打玻璃，好像在跟小東打招呼。

到了冬天，小烏龜變得懶了，常常躲在洞裏一動也不動。小東以為牠生病了，爸爸說這是烏龜的習慣——在天寒地凍的日子，牠要冬眠。

dou

dōu dōu dǒu dǒu dǒu
都、兜、抖、斗、蚪、
dòu dòu dòu
鬥、逗、豆

yǒng gǎn de xiǎo kē dǒu
勇敢的小蝌蚪

yì qún xiǎo kē dǒu chū shì le
一羣小蝌蚪出世了！

tā men dōu yǒu zhe hēi hēi yuán yuán de shēn tǐ hǎo xiàng yì kē
牠們都有着黑黑圓圓的身體，好像一顆

kē xiǎo hēi dòu shēn hòu tuō zhe yì tiáo xiǎo wěi ba yòu xiàng wén zhāng li
顆小黑豆；身後拖着一條小尾巴，又像文章裏

de yí gè gè xiǎo dòu hào kě ài jí le
的一個個小逗號，可愛極了。

tā men zhī zhōng zuì qiáng zhuàng de gē ge měi tiān dài lǐng dà jiā liàn
牠們之中最強壯的哥哥每天帶領大家練

xí yóu yǒng hé mì shí yì tiān dāng tā men zài hé shuǐ zhōng dōu lái dōu
習游泳和覓食。一天，當牠們在河水中兜來兜

qù zhǎo shí wù de shí hou yì tiáo dà yú yóu le guò lai zhāng kāi zuǐ
去找食物的時候，一條大魚游了過來，張開嘴

yào tūn shí tā men
要吞食牠們。

「注意！大家要準備戰鬥！」蝌蚪哥哥大喊。

幾條小蝌蚪嚇得渾身發抖。蝌蚪哥哥鼓勵牠們說：「別怕，緊跟着大家！」

蝌蚪哥哥帶領大家勇敢地向大魚衝過去。

大魚只見一片黑糊糊的影子朝自己撲來，大驚道：「小蝌蚪斗膽來反抗我？好漢不吃眼前虧！」牠尾巴一轉，逃掉了。

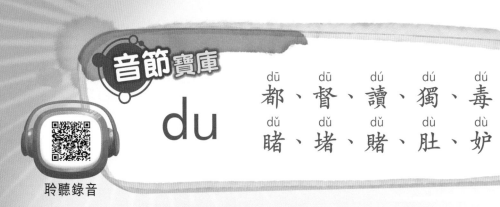

du

dū	dū	dú	dú	dú
都	督	讀	獨	毒

dǔ	dǔ	dǔ	dù	dù
睹	堵	賭	肚	妒

shāng xīn de xiǎo huá
傷心的小華

xiǎo huá zhēng qiáng hào shèng　ài dù jì　zuò shén mó shì dōu xiǎng
小華爭強好勝，愛妒忌，做什麼事都想

yíng　kě tā què méi yǒu zuān yán jīng shen　xué zhī shi cháng cháng yì zhī bàn
贏。可他卻沒有鑽研精神，學知識常常一知半

jiě　zhè tiān　xiǎo huá hé táng gē yì qǐ dú shū shí　kàn dào le yì
解。這天，小華和堂哥一起讀書時，看到了一

種叫鬱金香的花。這種花在荷蘭很常見，荷蘭的首都阿姆斯特丹每年都有鬱金香展。很多人到荷蘭旅行，只為一睹鬱金香的風采。堂哥說：「鬱金香的顏色這麼鮮艷，可能有毒。」小華盲目自信地說：「我和你打賭，一定沒有毒。」

堂哥獨自到一旁查閱資料，還督促小華凡事都要小心求證。小華卻忙着用零食堵住嘴巴，吃得肚皮滾圓，毫不在意。

最終，堂哥在一本植物百科書上找到了答案，原來鬱金香真的含有毒素。小華見堂哥勝了自己，委屈地哭了。

音節寶庫

聆聽錄音

duo

duō	duō	duō	duó	duó
多、	哆、	咄、	踱、	奪、

duǒ	duò	duò	duò
躲、	惰、	剁、	跺

霸道的公豬
bà dào de gōng zhū

nóng fū de zhū juàn li xīn tiān le yì tóu gōng zhū
農夫的豬圈裏新添了一頭公豬。

zhè tóu gōng zhū jì lǎn duò yòu tān chī yòu bà dào tā de dào lái
這頭公豬既懶惰又貪吃又霸道，牠的到來

pò huài le zhū juàn de hé píng níng jìng
破壞了豬圈的和平寧靜。

每天早上，農夫把飼料剁碎了之後，分放在每頭豬面前的食槽裏。可是這頭公豬先大口把自己的一份飼料吃完，然後在圈內踱步，觀察哪頭豬吃得慢，食槽裏還有很多飼料，牠就趕過去搶着吃。膽子小的豬就乖乖地躲在一邊，讓位給牠享用；膽子大些的不甘心被牠奪食，略有反抗，那頭公豬就大發脾氣，踩蹄咆哮，鼻子噴氣，樣子咄咄逼人，把豬兒們嚇得渾身哆嗦，無心進食，一天天瘦了下來。

農夫觀察到這現象，就把公豬單獨圈起來飼養，這才恢復了豬圈的平靜。

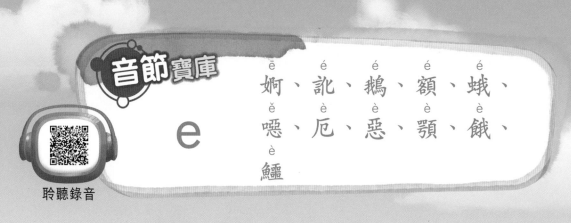

音節寶庫

e

ē　é　é　é　é
婀、訛、鵝、額、蛾、
ě　è　è　è　è
噁、厄、惡、顎、餓、
è
鱷

聆聽錄音

jiāo ào de tiān é
驕傲的天鵝

yì zhī bái tiān é zài hú zhōng yóu wán
一隻白天鵝在湖中遊玩。

tā gāo gāo áng qǐ tóu　　chángcháng de bó zi wān chéng měi lì de
牠高高昂起頭，長長的脖子彎成美麗的

qū xiàn　　ē nuó duō zī　　é tóu shang yí piàn jīn huáng sè　　hǎo
曲線，婀娜多姿。額頭上一片金黃色，好

xiàng dài zhe yī dǐng huáng guān　　tā jiāo ào de xiǎng　　shì jiè
像戴着一頂皇冠。牠驕傲地想：世界

shang méi yǒu zài bǐ wǒ měi de shēng wù le ba
上沒有再比我美的生物了吧。

一隻飛蛾飛了過來，好心地警告牠：「小心啊，這裏有兇惡的鱷魚！」

天鵝不屑地回答：「哼，我才不怕呢，誰敢來欺負我這樣高貴的動物？你這令人噁心的小東西，別想來訛騙我！」飛蛾歎口氣飛走了。

白天鵝的厄運降臨了。

一條飢餓的鱷魚悄悄游近天鵝，伸長了下顎，從背面一下子撲了上去，享受了一頓美味的晚餐。

77

一 請選出正確的拼音 ✔ ▲

1
- [ ] dàn gāo
- [ ] dàn gǎo

2
- [ ] diǎn huà
- [ ] diàn huà

3
- [ ] wān dòu
- [ ] wàn dū

4
- [ ] yù dì
- [ ] yǔ dī

二 請為以下的拼音標上正確的聲調 ∨ ／ 一 ＼

1 天鵝　tiān e

2 袋鼠　dai shǔ

3 水滴　shuǐ di

4 點心　dian xīn

三 讀一讀，找出符合圖片的拼音寫在方框內

kē dǒu	è yú	xiǎo dāo	dù zi

1

2

3

4

四 我會拼讀，我會寫

1 d ＋ ai ＝ ☐

2 d ＋ ian ＝ ☐

3 d ＋ ong ＝ ☐

4 d ＋ uo ＝ ☐

音節寶庫

fan

fān	fān	fán	fán	fǎn
帆	翻	凡	煩	返

fǎn	fàn	fàn	fàn
反	飯	犯	泛

聆聽錄音

liú luò huāng dǎo

流落荒島

liǎng gè nián qīng rén jià shǐ zhe yì sōu fān chuán chū hǎi yóu wán　yáng
兩個年青人駕駛着一艘帆船出海游玩。陽

guāng xià de hǎi shuǐ fàn zhe yín guāng　měi jí le
光下的海水泛着銀光，美極了。

fēng píng làng jìng de hǎi miàn shang tū rán guā qǐ yí zhèn qiáng fēng
風平浪靜的海面上突然颳起一陣強風，

bǎ chuán chuī fān le　liǎng rén piāo liú dào le yí gè gū dǎo
把船吹翻了。兩人漂流到了一個孤島。

80

青年甲垂頭喪氣，心煩意亂，抱怨説：「今天不該出門的，現在弄得自己像個被流放的囚犯，在這個荒島上等死。」

青年乙勸慰他説：「凡事要從樂觀方面看。反過來想想，現在正是考驗我們的時候，我們要想方設法生存下來，爭取救援，一定會得救的。」

青年乙在海邊捉來小魚和蝦蟹，收集枯樹枝點火做飯；又加大了火堆取暖和發送信息。果然，不久就有路過的輪船見到火光，駛過來救了他倆返航。

fāng　fāng　fāng　fáng　fáng
方、芳、坊、防、房、

fang

fǎng　fǎng　fǎng　fàng
仿、訪、紡、放

聆聽錄音

fāng　jiā　dà　zhái
方家大宅

　　fāng jiā zuì jìn xīn jiàn le yí zuò dà zhái　měi lún měi huàn　zài
　方家最近新建了一座大宅，美輪美奐，在

fāng jiān chuán wéi měi tán
坊間傳為美談。

　　měi tiān dōu yǒu bù shǎo rén mù míng qián qù cān guān bài fǎng　fāng jiā
　每天都有不少人慕名前去參觀拜訪，方家

yí lù rè qíng huān yíng
一律熱情歡迎。

　　dà zhái shì fǎng míng qīng de jiàn zhù xíng shì　zhū qī dà hóng mén
　大宅是仿明清的建築形式：朱漆大紅門，

chóng yán yā dǐng　cǎi huì shí diāo　tíng tái lóu gé　yàng yàng jù bèi
重檐壓頂，彩繪石雕，亭台樓閣，樣樣具備；

82

同時加上現代化的防震避雷裝置，中西合璧。

大宅共有二十多間房，布置得古色古香；花園裏種植着各種花草，芳香撲鼻。

人們看見一個房間裏擺放着一架舊式手搖紡車，都覺得很奇怪。主人解釋說：「我母親當年就是靠這台紡車含辛茹苦養大了三個兒子，才有了我們今日的家業。這是我們的傳家寶。」

fei

fēi fēi fēi féi fèi
非、飛、啡、肥、費、
fèi fèi fèi fèi fèi
廢、痱、沸、狒、肺

聆聽錄音

fèi fèi zhǎng fèi zi
狒狒長痱子

zhù zài sēn lín zhōng de yì zhī fèi fèi hěn lǎn zhěng tiān tǎng zài jiā
住在森林中的一隻狒狒很懶，整天躺在家

li shuì jiào bú ài dòng
裏睡覺，不愛動。

zuì jìn tā gǎn dào hěn bù shū
最近牠感到很不舒

fu hún shēn qí yǎng zhǐ hǎo
服，渾身奇癢，只好

qù kàn yī shēng
去看醫生。

醫生透視了牠的肺部，驗了血，說：「這些都沒問題啊。」

醫生再檢查了牠的全身，發現牠的背部長滿了痱子。醫生說：「這是因為你長得太肥了，排熱不好，又不洗澡。」

按照醫生的吩咐，牠回家後用沸水泡好藥粉，洗了個痛快，再塗上一種啡色的藥膏，沒費多少功夫，痱子就退了。

從此狒狒注意清潔衞生和鍛煉身體。牠整天在森林裏飛奔跳躍，每天洗澡，身體變得非常強壯。牠說：我再不鍛煉自己，就要變成廢物了。

fen

fēn fēn fēn fēn fēn
分、芬、吩、紛、氛、
fěn fèn fèn fèn
粉、份、奮、憤

聆聽錄音

zài cān tīng
在餐廳

mā ma dài xiōng dì liǎ qù cān tīng　　yào le liǎng fèn yì dà lì
媽媽帶兄弟倆去餐廳，要了兩份意大利

fěn　　mā ma chī yí fèn　　xiōng dì liǎ fēn yí fèn
粉。媽媽吃一份，兄弟倆分一份。

gē ge fēn le yì dà lì fěn　　dì di qì fèn de shuō　　　　wèi
哥哥分了意大利粉，弟弟氣憤地說：「為

shén me wǒ de dié zi li zhè me shǎo　　gē ge de dié zi li zhè me
什麼我的碟子裏這麼少？哥哥的碟子裏這麼

duō
多。」

gē ge shuō　　　　wǒ bǐ nǐ dà　　　chī de duō ya
哥哥說：「我比你大，吃得多呀。」

dì di shuō　　　　wǒ xǐ huan chī yì fěn　　wǒ néng chī xià yí fèn
弟弟說：「我喜歡吃意粉，我能吃下一份。」

mā ma jiù fēn fù fú wù yuán zài ná lai yí fèn yì fěn
媽媽就吩咐服務員再拿來一份意粉。

媽媽說：「我們吃飯時要有一個平靜愉快的氣氛，不要爭吵。有什麼意見好好說。這樣，吃下去的食物才能消化得好。」

意大利粉裹的香草芬芳撲鼻，兄弟倆吃得津津有味。弟弟吃到最後已經有些勉強了，可是他還是奮力吃完。

窗外大雪紛飛，窗內暖洋洋。

feng

聆聽錄音

fēng fēng fēng fēng fēng
峯、瘋、封、豐、蜂、
fēng fēng féng fèng fèng
楓、烽、逢、鳳、奉

fèng huáng hé fēng shù mì
鳳凰和楓樹蜜

fèng huáng zì fēng wéi shān zhōng zhī wáng　　měi nián mìng lìng mì fēng yào
鳳凰自封為山中之王，每年命令蜜蜂要

xiàng tā fèng xiàn shí guàn fēng shù mì
向她奉獻十罐楓樹蜜。

fēng shù mì shì yíng yǎng fēng fù de shí wù　　xìng hǎo shān zhōng fēng
楓樹蜜是營養豐富的食物。幸好山中楓

shù zhǎng de hǎo　　mì fēng yòu qín láo　　suǒ yǐ měi cì féng nián guò jié de
樹長得好，蜜蜂又勤勞，所以每次逢年過節的

jìn gòng dōu bù chéng wèn tí
進貢都不成問題。

可是今年的情況大不相同。對面山頭的老虎發起進攻，在山頭上架起大炮朝這邊猛轟，削平了好幾個山峯，烽火連綿，摧毀了一大片楓樹林。

蜜蜂採不到足夠的花粉，釀不出足夠的楓樹蜜，只得前去求鳳凰寬恕。

誰知鳳凰一聽這消息氣瘋了，她大發雷霆，盛怒之下派兵搗毀了整個蜂巢，從此，她再也吃不到鮮美甜蜜的楓樹蜜了。

音節寶庫

fu

fū fú fú fú fǔ
夫、福、浮、拂、腐、
fǔ fǔ fù fù fù
斧、撫、覆、富、婦

聆聽錄音

chéng shí de qiáo fū
誠實的樵夫

cóng qián yǒu gè qiáo fū　　dǎ chái wéi shēng　jiā li suī bú fù
從前有個樵夫，打柴為生。家裏雖不富
yù　　hái yào fǔ yǎng liǎng gè hái zi　　kě shì quán jiā shēng huó de hěn
裕，還要撫養兩個孩子，可是全家生活得很
kuài lè
快樂。

　　yì tiān fú xiǎo　　qiáo fū shàng shān dǎ chái　　yí bù xiǎo xin　　shǒu
一天拂曉，樵夫上山打柴，一不小心，手
zhōng de fǔ tóu diào jìn le hé li　　tā zhèng zài zháo jí shí　　hé miàn
中的斧頭掉進了河裏。他正在着急時，河面
shang fú chū yí wèi lǎo rén　　shǒu chí yì bǎ jīn fǔ　　wèn tā　　　zhè
上浮出一位老人，手持一把金斧，問他：「這
shì bu shì nǐ de fǔ tóu
是不是你的斧頭？」

　　bú shì　　　　qiáo fū yáo yao shǒu shuō
「不是！」樵夫搖搖手説。

90

老人沉下河去，提了一把銀斧浮上來問
道：「這把是不是你的？」

「也不是，我的斧頭是鐵的，很舊，手柄
有點腐爛了。」樵夫老老實實地答覆老人。

老人給他三把斧頭，說道：「你是個誠實
的好人，這是你的鐵斧。金斧和銀斧是我送給
你家的禮物。」

夫婦倆從此過着不愁吃穿的幸福生活。

一 將正確的音節和圖片連起來

fèi fei	fěn sè	shān fēng	mì fēng

① ② ③ ④

二 請為以下的拼音標上正確的聲調　ˇ ´ ー ˋ

① 帆船　fan chuán　② 方形　fang xíng

③ 沸騰　fei téng　④ 勤奮　qín fen

| mǐ fàn | fēi jī | fēng zheng | fáng zi |

1

2

3

4

四 我會拼讀，我會寫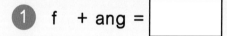

1 f + ang =

2 f + en =

3 f + u =

4 f + ei =

聆聽錄音

美麗的動物園
měi lì de dòng wù yuán

mā ma cháng cháng dài le tā de xiǎo bǎo bèi dào fáng zi fù jìn
媽媽常常帶了她的小寶貝到房子附近

de dòng wù yuán qù sàn bù
的動物園去散步。

zhè lǐ zhēn shì gè hǎo dì fang　guān zài lóng zi li gōng guān shǎng de
這裏真是個好地方。關在籠子裏供觀賞的

dà dòng wù yǒu lǎo hǔ　shī zi　bào zi　fèi fèi　bān mǎ　xiǎo
大動物有老虎、獅子、豹子、狒狒、斑馬，小

dòng wù yǒu xuě diāo　hóu zi　cì wèi　kǒng que děng děng　zhè xiē píng
動物有雪貂、猴子、刺蝟、孔雀等等，這些平

shí hěn shǎo jiàn de dòng wù lìng rén kàn de mù dèng kǒu dāi　yuán zhōng yǒu
時很少見的動物令人看得目瞪口呆。園中有

yí gè dà hú　qīng chéng de hú shuǐ zài yáng guāng xià fàn zhe jīn guāng
一個大湖，清澄的湖水在陽光下泛着金光。

水裏有青蛙、蟾蜍、烏龜，蜻蜓在點水飛翔，掠過湖面；還有美麗的白天鵝在湖中昂首闊步，可愛的小蝌蚪在水中搖曳生姿。湖岸上你可以見到成對的鵪鶉親密地在築巢，有幾個孩子在水面上放下小帆船和小紙船玩，也有人在釣魚。

湖的北邊有個很大的花圃，還有一塊菜地和一片茶園。花圃裏種植着很多種芬芳的花朵，碧綠的葉子襯着各色鮮艷奪目的花瓣，分外嬌美。

蝴蝶和蜜蜂展翅飛舞在花叢間採花粉，柏樹楓樹成林，蟬兒在樹上高聲唱歌，小溪的流水潺潺，合奏着一曲動聽的交響樂。

這是大都市裏的一方淨土。這裏沒有憂愁沒有煩惱，到處是生機勃勃的景象，到處是和平寧靜的氣氛。媽媽想：我的小寶貝生活在這樣美好的環境中，真是幸福啊！

一 看圖片，補全下面的拼音

1. hóng luó （　　）

2. （　　） zuò

3. （　　） pù

4. （　　） zì

二 請選出正確的拼音

1. 班長
   - [ ] bān zhǎng
   - [ ] bàn zhāng

2. 早晨
   - [ ] zào chén
   - [ ] zǎo chén

3. 房屋
   - [ ] fáng wù
   - [ ] fáng wū

4. 冬天
   - [ ] dōng tiān
   - [ ] dōng tián

| diàn chí | cháng dí | bēi bāo | chéng zi |

1

2

3

4

1 白鵝　bai e

2 寶貝　bao bei

3 彩帶　cai dai

4 風帆　feng fan

答案

拼音遊樂場①

一、

1. ài xīn　2. hé àn　3. bái yún　4. hǎi bào

二、

1. bái tù　2. bān jiā　3. bá cǎo　4. bǎo hù

三、

1. bǎo bao　2. bái bǎn　3. shuǐ bēi　4. gē bo

四、

1. bai　2. bao　3. bian　4. bo

拼音遊樂場②

一、

1. yún cai　2. chéng shì　3. chá bēi　4. yá chǐ

二、

1. chì bǎng　2. chí táng　3. chǐ cùn　4. chī bǎo

三、

1. chǐ zi　2. qīng cài　3. chā zi　4. chàng gē

四、

1. cai　2. chan　3. cheng　4. chou

拼音遊樂場③

一、

1. dàn gāo　2. diàn huà　3. wān dòu　4. yǔ dī

二、

1. tiān é　2. dài shǔ　3. shuǐ dī　4. diǎn xīn

三、

1. è yú　2. dù zi　3. kē dǒu　4. xiǎo dāo

四、

1. dai　2. dian　3. dong　4. duo

拼音遊樂場④

一、

1. mì fēng　2. fèi fei　3. fěn sè　4. shān fēng

二、

1. fán chuán　2. fāng xíng　3. fèi téng　4. qín fèn

三、

1. fáng zi　2. fēi jī　3. mǐ fàn　4. fēng zhēng

四、

1. fang　2. fen　3. fu　4. fei

綜合練習

一、

1. bo　2. chā　3. diàn　4. fú

二、

1. bān zhǎng　2. zǎo chén　3. fáng wū　4. dōng tiān

三、

1. bēi bāo　2. cháng dí　3. diàn chí　4. chéng zi

四、

1. bái é　2. bǎo bèi　3. cǎi dài　4. fēng fān

1.	ai	āi 哎	āi 唉	āi 挨	āi 哀	ái 皚	ái 捱	ǎi 矮	ǎi 藹	ài 礙	ài 愛	
2.	an	ān 安	ān 鵪	ān 鞍	àn 按	àn 案	àn 暗	àn 岸	àn 黯			
3.	ba	bā 八	bā 巴	bā 疤	bǎ 把	bà 罷	bà 爸	bà 霸	bǎ 靶	ba 吧		
4.	bai	bái 白	bāi 掰	bǎi 百	bài 拜	bǎi 擺	bài 敗	bǎi 柏	bài 稗			
5.	ban	bān 搬	bān 斑	bān 班	bān 頒	bān 般	bǎn 板	bǎn 版	bǎn 闆	bàn 辦	bàn 拌	bàn 半
		bàn 絆										
6.	bao	bāo 包	bāo 剝	báo 雹	báo 薄	bǎo 寶	bǎo 保	bǎo 飽	bào 報	bào 抱	bào 暴	bào 豹
7.	bei	bēi 悲	bēi 盃	bēi 卑	běi 北	bèi 被	bèi 背	bèi 備	bèi 貝	bèi 倍		
8.	bi	bī 逼	bí 鼻	bǐ 筆	bǐ 鄙	bì 畢	bì 壁	bì 必	bì 臂	bì 弊	bì 閉	bì 陛
9.	bian	biān 編	biān 邊	biān 蝙	biǎn 扁	biàn 辨	biàn 辯	biàn 辮	biàn 遍	biàn 便		
10.	bo	bō 撥	bō 玻	bō 波	bó 伯	bó 薄	bó 勃	bó 脖	bó 搏	bó 博	bó 膊	bǒ 跛
11.	bu	bǔ 補	bǔ 哺	bǔ 捕	bù 不	bù 布	bù 部	bù 步	bù 怖			

12.	cai	cāi 猜、 cái 才、 cái 材、 cái 財、 cái 裁、 cǎi 睬、 cǎi 採、 cǎi 踩、 cài 菜
13.	cha	chā 插、 chā 嚓、 chā 叉、 chá 查、 chá 搽、 chá 茶、 chá 察、 chà 差、 chà 岔、 chà 詫
14.	chan	chān 攙、 chán 潺、 chán 蟬、 chán 蟾、 chán 饞、 chán 纏、 chǎn 產、 chàn 顫
15.	chang	cháng 常、 cháng 長、 cháng 償、 cháng 嘗、 cháng 腸、 chǎng 場、 chǎng 敞、 chàng 暢、 chàng 唱
16.	chao	chāo 超、 chāo 抄、 cháo 潮、 cháo 朝、 cháo 巢、 cháo 嘲、 chǎo 炒、 chǎo 吵
17.	chen	chén 沉、 chén 忱、 chén 陳、 chén 辰、 chén 晨、 chén 臣、 chén 塵、 chèn 襯、 chèn 稱、 chèn 趁
18.	cheng	chēng 稱、 chéng 成、 chéng 呈、 chéng 乘、 chéng 城、 chēng 瞠、 chéng 承、 chéng 丞、 chěng 逞、 chèng 秤
19.	chi	chī 吃、 chī 嗤、 chí 池、 chǐ 齒、 chǐ 尺、 chǐ 恥、 chì 斥、 chì 翅
20.	chong	chōng 充、 chōng 衝、 chōng 忡、 chōng 沖、 chōng 憧、 chóng 重、 chóng 蟲、 chóng 崇、 chǒng 寵
21.	chou	chóu 躊、 chóu 愁、 chóu 綢、 chóu 籌、 chóu 惆、 chǒu 醜、 chǒu 瞅、 chòu 臭
22.	chu	chū 出、 chú 櫥、 chú 除、 chú 廚、 chǔ 儲、 chǔ 楚、 chù 處、 chù 矗
23.	ci	cí 慈、 cí 辭、 cí 雌、 cǐ 此、 cì 刺、 cì 賜、 cì 次、 cì 伺

24.	dai	dāi 呆	dāi 獃	dǎi 歹	dài 代	dài 帶	dài 戴	dài 待	dài 袋		
25.	dan	dān 耽	dān 眈	dān 單	dān 擔	dǎn 膽	dàn 旦	dàn 彈	dàn 但	dàn 淡	dàn 擔	dàn 蛋
26.	dao	dāo 刀	dǎo 島	dǎo 導	dǎo 禱	dǎo 倒	dǎo 蹈	dào 到	dào 道	dào 盜		
27.	di	dī 堤	dī 低	dī 滴	dí 敵	dí 笛	dǐ 底	dǐ 抵	dì 帝	dì 第	dì 地	
28.	dian	diān 巔	diān 癲	diǎn 踮	diǎn 點	diǎn 典	diàn 店	diàn 墊	diàn 電	diàn 惦		
29.	diao	diāo 刁	diāo 叼	diāo 碉	diāo 貂	diào 調	diào 掉	diào 吊	diào 釣			
30.	dong	dōng 東	dōng 冬	dōng 咚	dǒng 懂	dòng 動	dòng 洞	dòng 凍	dòng 棟			
31.	dou	dōu 都	dōu 兜	dǒu 抖	dǒu 斗	dǒu 蚪	dòu 鬥	dòu 逗	dòu 豆			
32.	du	dū 都	dū 督	dú 讀	dú 獨	dú 毒	dǔ 睹	dǔ 堵	dǔ 賭	dù 肚	dù 妒	
33.	duo	duō 多	duō 哆	duō 咄	duó 踱	duó 奪	duǒ 躲	duò 惰	duò 剁	duò 跺		

34.	e	^ē婀、^é訛、^é鵝、^é額、^é蛾、^ě噁、^è厄、^è惡、^è顎、^è餓、^è鱷
35.	fan	^{fān}帆、^{fān}翻、^{fán}凡、^{fán}煩、^{fǎn}返、^{fǎn}反、^{fàn}飯、^{fàn}犯、^{fàn}泛
36.	fang	^{fāng}方、^{fāng}芳、^{fāng}坊、^{fáng}防、^{fáng}房、^{fǎng}仿、^{fǎng}訪、^{fǎng}紡、^{fàng}放
37.	fei	^{fēi}非、^{fēi}飛、^{fēi}啡、^{féi}肥、^{fèi}費、^{fèi}廢、^{fèi}痱、^{fèi}沸、^{fèi}狒、^{fèi}肺
38.	fen	^{fēn}分、^{fēn}芬、^{fēn}吩、^{fēn}紛、^{fēn}氛、^{fěn}粉、^{fèn}份、^{fèn}奮、^{fèn}憤
39.	feng	^{fēng}峯、^{fēng}瘋、^{fēng}封、^{fēng}豐、^{fēng}蜂、^{fēng}楓、^{fēng}烽、^{féng}逢、^{fèng}鳳、^{fèng}奉
40.	fu	^{fū}夫、^{fú}福、^{fú}浮、^{fú}拂、^{fǔ}腐、^{fǔ}斧、^{fǔ}撫、^{fù}覆、^{fù}富、^{fù}婦

附錄二：聲母表

（紅色的聲母是本書學習的聲母）

b	p	m	f	d	t	n	l
玻	坡	摸	佛	德	特	呢	勒

g	k	h	j	q	x
哥	科	喝	基	期	希

zh	ch	sh	r	z	c	s
知	吃	詩	日	資	次	思

（紅色的韻母是本書學習的韻母）

			i	衣	u	烏	ü	迂
a	啊	ia	呀	ua	蛙		
o	喔			uo	窩		
e	鵝	ie	耶			üe	約
ai	哀			ua	歪		
ei	欸			uei	威		
ao	凹	iao	腰				
ou	歐	iou	憂				
an	安	ian	煙	uan	彎	üan	冤
en	恩	in	因	uen	溫	ün	暈
ang	昂	iang	央	uang	汪		
eng	亨的韻母	ing	英	ueng	翁		
ong	轟的韻母	iong	雍				

Aa	Bb	Cc	Dd	Ee	Ff	Gg
Hh	Ii	Jj	Kk	Ll	Mm	Nn
Oo	Pp	Qq	Rr	Ss	Tt	
Uu	Vv	Ww	Xx	Yy	Zz	

注：v 只用來拼寫外來語、少數民族語言和方言。

樂學普通話

趣味漢語拼音音節故事 ①
鴨子警察查案

作　　　者：宋詒瑞
插　　　圖：伍中仁
責任編輯：張斐然
美術設計：郭中文
出　　　版：新雅文化事業有限公司
　　　　　　香港英皇道499號北角工業大厦18樓
　　　　　　電話：(852) 2138 7998
　　　　　　傳真：(852) 2597 4003
　　　　　　網址：http://www.sunya.com.hk
　　　　　　電郵：marketing@sunya.com.hk
發　　　行：香港聯合書刊物流有限公司
　　　　　　香港荃灣德士古道220-248號荃灣工業中心16樓
　　　　　　電話：(852) 2150 2100　　傳真：(852) 2407 3062
　　　　　　電郵：info@suplogistics.com.hk
印　　　刷：中華商務彩色印刷有限公司
　　　　　　香港新界大埔汀麗路36號
版　　　次：二〇二三年五月初版

版權所有　•　不准翻印

ISBN: 978-962-08-8183-1
© 2023 Sun Ya Publications (HK) Ltd.
18/F, North Point Industrial Building, 499 King's Road, Hong Kong
Published in Hong Kong SAR, China
Printed in China